DEDICACE

Cet écrit *très moral*, puis *régénérateur*,
A l'instruction publique, est dédié, cher Lecteur ;
Il est, par conséquent, mis sous la protection
De tous les Directeurs et les Chefs d'instruction.

A. B.

LE

RÉGÉNÉRATEUR

'DON AFFECTUEUX

FAIT PAR

L'AUTEUR SOUSSIGNÉ.

Augustin BABIN

CATALOGUE GÉNÉRAL

OUVRAGES DE L'AUTEUR

dont l'Imprimerie de la rue du Bac, 83, Paris, possède tous les clichés

'ous ces ouvrages, à partir du 1er janvier 1887, font partie du domaine public.

Guide du Bonheur. 1 vol. in-18 (jésus), broché 1 60

Philosophie spirite. 1 vol. in-18 (jésus), broché................... 2 00

Notions d'Astronomie, etc. 1 vol. in-18 (jésus), broché 2 00

Trilogie spirite, comprenant les trois volumes précédents, 1 fort vol.
in-18 (jésus), broché 5 00

Véritable catéchisme universel. 1 vol. in-18 (jésus), broché 1 50

Encyclopédie morale. 1 fort vol. in-32, broché.................... 1 70

Guide de la sagesse. 1 vol. in-18 (jésus), broché 1 70

Poème psychologique, 1 vol. in-18 (jésus), broché................. 1 00

Poème astronomique. 1 volume in-18 (jésus), broché 1 40

Trilogie morale, comprenant les trois volumes précédents. 1 vol. in-18
(jésus), broché 3 50

Les deux Antipodes, brochure in-18 (jésus) de 36 pages, plus une couverture. Brochée.. 0 50

Brochure scientifique et morale, in-18 (jésus), brochée.......... 1 00

Le véritable régénérateur scientifique et moral. 1 vol. in-32
broché 1 50

Tableaux astronomique et synoptique collés sur carton de 19 cent.
sur 24 et à bordures dorées..................................... 0 55

Double grand tableau synoptique (États d'Europe et départements
français). Dimension : 55 cent. sur 72 .... 0 40

Grand tableau d'instruction morale et scientifique. Même
dimension 0 40

NOTA. — Ce *nota* a pour but de faire connaître à nos Lecteurs que tous les écrits
sus-désignés ont été donnés gratuitement à douze importantes bibliothèques de la
ville de Paris ; puis, ensuite, à soixante bibliothèques de chefs-lieux de départements
français, y compris huit bibliothèques de chefs-lieux d'arrondissement ; puis, enfin, à
quatre bibliothèques algériennes, dont deux à Alger (B. nationale et municipale) ; une
à Oran et une à Constantine. Total : 84 bibliothèques. — Voir, au dos de la couverture,
le nom de toutes les villes qui possèdent *Collection générale* de tous nos écrits.

A. B.

NOMS DES VILLES

POSSÉDANT

la Collection générale de tous nos écrits

PARIS : B. Nationale ; Mazarine ; de l'Université ; de Sainte-Geneviève ; 3me, 7me, 8me, 9me, 15me, 16me, 18me et 19me arrondissements de Paris.

LAON (Aisne).
MOULINS (Allier).
NICE (Alpes-Maritimes).
TROYES (Aube).
RODEZ (Aveyron).
MARSEILLE (B.-du-R.)
ANGOULÊME (Charente).
SAINTES (Charente-Inf.)
St-AMAND-MONT-ROND (Cher).
TULLE (Corrèze).
AJACCIO (Corse).
DIJON (Côte-d'Or).
St-BRIEUC (C.-du-N.)
PÉRIGUEUX (Dordogne).
BESANÇON (Doubs).
PONTABLIER (Doubs).
VALENCE (Drôme).
EVREUX (Eure).
CHARTRES (Eure-et-Loir)
MORLAIX (Finistère).
NIMES (Gard).
TOULOUSE (H^te-Garonne)
BORDEAUX (Gironde).
MONTPELLIER (Hérault).
RENNES (Ile-et-Vilaine).
CHATEAUROUX (Indre).
TOURS (Indre-et-Loire).
GRENOBLE (Isère).

LONS-LE-SAULNIER (Jura)
DAX (Landes).
ROANNE (Loire).
PUY (Haute-Loire).
NANTES (Loire-Inférieure)
ORLÉANS (Loiret).
AGEN (Lot-et-Garonne).
ANGERS (Maine-et-Loire)
GRANVILLE (Manche).
CHAUMONT (Haute-Marne)
NANCY (M.-et-M.)
NEVERS (Nièvre).
LILLE (Nord).
VALENCIENNES (Nord).
BEAUVAIS (Oise).
ARRAS (Pas-de-Calais).
CLERMONT (Puy-de-Dôme)
PAU (Basses-Pyrénées).
BAYONNE (Basses-Pyrén.)
TARBES (Hautes-Pyrénées)
PERPIGNAN (Pyr.-Orien.)
LYON (Rhône).
CROIX-ROUSSE à Lyon.
GUILLOTIÈRE à Lyon.
MANS (Sarthe).
ROUEN (Seine-Inférieure).
HAVRE (Seine-Inférieure).
MELUN (Seine-et-Marne).

VERSAILLES (S.-et-O.)
NIORT (Deux-Sèvres).
AMIENS (Somme).
MAZAMET (Tarn).
TOULON (Var).
AVIGNON (Vaucluse).
FONTENAY-LE-COMTE (V)
POITIERS (Vienne).
LIMOGES (Haute-Vienne).
AUXERRE (Yonne).

ALGÉRIE

ALGER : B. Nationale et Municipale.
ORAN (Algérie).
CONSTANTINE (Algérie).

FIN

1

LE SPIRITISME

A SA PLUS SIMPLE EXPRESSION

Y COMPRIS

TROIS IMPORTANTES INNOVATIONS

(Poétique, Scientifique et Morale)

PAR

AUGUSTIN BABIN

(AMI TOUT DÉVOUÉ DE NOTRE HUMANITÉ TERRESTRE)

Tout annonce d'un DIEU l'éternelle existence,
On ne peut Le comprendre, on ne peut l'ignorer ;
La vue de l'univers nous montre sa Puissance.
Et la voix de nos cœurs dit qu'il faut *l'adorer*

———— ⚬ ————

ALGER

ÉDITÉ PAR L'AUTEUR

Chez Mme Venot, boulevard de la République, n° 2 bis.

——

1887

AVIS DE L'AUTEUR

Cet *avis* a pour but de faire connaître à nos bien-aimés Lecteurs que, généralement, l'on se fait des Esprits une idée complètement fausse ; ce ne sont pas, comme beaucoup de personnes se le figurent, des Êtres abstraits, vagues et indéfinis, ni quelque chose comme une lueur, une étincelle ; ce sont, au contraire, des Êtres réels, ayant leur individualité et une forme déterminée, laquelle est celle qu'ils avaient à l'état d'incarné ; leur périsprit conservant la forme de leur corps purement matériel, qu'il a occupé en entier, tout le temps qu'a duré leur dernière incarnation. Certainement, l'on peut s'en faire une idée approximative par l'explication suivante : Il y a dans l'Être humain, ou Esprit incarné, trois choses absolument distinctes entre elles, lesquelles sont :

1° Le *corps* purement matériel, lequel est lourd et grossier, et met l'Esprit incarné, ou Être humain, en rapport avec le monde extérieur.

2° L'*âme*, qui est le pur principe intelligent en qui réside la *pensée*, la *volonté* et le *sens moral*.

3° Le *périsprit*, dont le corps, purement matériel, est entièrement imprégné et qui sert de lien et d'intermédiaire entre l'âme et le dit corps purement matériel.

Quant à l'*union* de l'Esprit avec le corps purement matériel, et puis, ensuite, son *dégagement* du sus-dit corps, nous allons essayer de faire comprendre à nos Lecteurs comment doivent se produire ces deux faits psychologiques.

Union de l'âme et de son périsprit avec le corps purement matériel.

L'union de l'âme et de son périsprit ou de l'Esprit (ce qui revient au même) avec le corps purement matériel est ce qui constitue l'*incarnation*, que nous pouvons définir ainsi : Lorsque l'Esprit doit s'incarner dans le corps humain purement matériel en voie de formation, un lien fluidique, qui n'est autre qu'une expansion de son périsprit, le rattache au germe vers lequel il se trouve attiré par une force irrésistible, dès le commencement de la conception. A mesure que le germe se développe, le lien se resserre sous l'influence du *principe vital matériel du germe*. Reconnaissons ici que le périsprit, qui possède certaines propriétés de la matière, s'unit *molécule à molécule* avec le corps purement matériel qui se forme (¹); d'où l'on peut dire que l'Esprit, par l'intermédiaire de son périsprit, prend en quelque sorte *racine* dans ce germe, comme la plante dans la terre. Quand le germe est entièrement développé, l'union est complète et alors le dit Esprit naît à la vie extérieure, autrement dit fait partie d'une humanité terrestre.

Dégagement de l'âme et de son périsprit à la mort du corps purement matériel.

Lorsque le corps purement matériel meurt et, par conséquent, ne peut plus fonctionner, il subit la destruction qui, par la suite, le réduit en poussière. Au moment même de la mort du corps purement matériel, l'âme se dégage aussitôt, emportant avec elle la très grande partie de son périsprit, destinée à lui former son corps spirituel. Quant au dégagement de la *partie complémentaire de son périsprit*, il peut se faire en différentes conditions. Ainsi, par exemple, il peut se faire quelques minutes seulement après la mort du corps purement matériel, comme il peut exiger un temps plus ou moins long pour se produire; cela dépend de la vie plus ou moins matérielle et sensuelle

---

(1) Ce genre d'union peut facilement faire comprendre comment le périsprit, que l'âme emporte avec elle aussitôt la mort du corps matériel, peut conserver la forme humaine, en servant de corps spirituel pour l'Être désincarné ou Esprit. Ce que nous disons là, a d'autant plus sa raison d'être, que tous nous en avons la plupart de nos nuits, durant notre sommeil matériel, des preuves absolument convaincantes...

que l'Esprit a eu pendant sa vie humaine et aussi de son genre de mort matérielle. Or, chez beaucoup d'individus matériels et sensuels, de même que chez quelques suicidés, ce dégagement complémentaire doit se faire avec une très grande lenteur et être, en même temps, très pénible pour l'Esprit qui, dans ce cas, peut éprouver l'horreur de la décomposition, tant que la partie complémentaire de son périsprit n'est pas complètement dégagée du corps mort; ce qui peut exiger des jours, des mois et même des années pour les plus coupables...

Pour les Esprits non coupables et spiritualistes, le dégagement total peut se produire dans quelques minutes ou quelques heures, au plus.

NOTA. — Une remarque importante est à faire ici : c'est que la *culpabilité* consiste à rechercher (uniquement pour elles-mêmes) les jouissances purement sensuelles, contrairement au *but providentiel* que la DIVINITÉ nous a imposé à tous en recherchant ces dites jouissances; *but providentiel* absolument obligatoire pour l'entretien de notre humanité terrestre.

Concernant les plus coupables, ils sont tous *ceux* (mariés ou non mariés, mais principalement les premiers) qui abusent de la confiance d'une jeune fille, en lui faisant des promesses qu'ils n'ont aucunement l'intention de tenir et qui, ensuite, l'abandonne avec un ou plusieurs enfants. Ceux-là, amis Lecteurs, sont vraiment à plaindre et font réellement pitié; car ils auront à subir, après leur mort purement matérielle, les souffrances horribles sus-désignées, y compris les énormes souffrances morales qu'il leur faudra subir tout le temps qu'ils seront dans le monde des Esprits; de plus, encore, il leur faudra, dans leur future incarnation, subir également les mêmes souffrances humaines, qu'ils auront eux-mêmes fait subir à autrui...

A. B.

FIN DE CET AVIS

UNITÉ DIVINE

L'unité divine étant la seule croyance que toute créature humaine, un peu sensée (spirituellement parlant), doit accepter, nous allons donner, ici, connaissance à tous nos Lecteurs du petit poème suivant, lequel fait comprendre l'opinion qu'on doit rationnellement se faire de la DIVINITÉ.

PETIT POÈME DE LEBRUN

N'invente point ton DIEU, vain mortel, vil atôme !
Cesse de te créer un auguste fantôme !
Cesse de concevoir une triple unité
Et de donner la mort à la DIVINITÉ.
Tu te fais un dédale où ta raison s'égare.
De cet ÊTRE infini, l'infini te sépare.
Du char glacé de l'Ours aux feux de Sirius
Il règne ; il règne encore où les cieux ne sont plus.
Dans ce gouffre sacré quel mortel peut descendre ?
L'immensité l'adore et ne peut le comprendre ;
Et toi, songe de l'Être, atôme d'un instant,
Égaré dans les airs sur ce globe flottant,
Des mondes et des cieux spectateur invisible,
Ton orgueil pense atteindre à l'ÊTRE inaccessible ?
Tu prétends lui donner tes ridicules traits ?

Tu veux dans ton DIEU même adorer tes portraits ?...
Ni l'aveugle hasard, ni l'aveugle matière
N'ont pu former mon âme, essence de lumière.
Je pense, et ma pensée atteste plus un DIEU
Que tout le firmament et ses globes de feu.
Voilé de sa splendeur, dans ses gloires profondes,
D'un regard éternel, il enfante les mondes.
Les siècles devant Lui s'écoulent et le temps
N'oserait mesurer un seul de ses instants.
Il est, tout est par Lui, seul ÊTRE illimité,
En Lui tout est *vertu, puissance, éternité.*
Au delà des soleils, au-delà de l'espace
Il n'est rien qu'il ne voit, il n'est rien qu'il n'embrasse ;
Il est Seul du grand tout le principe et la fin,
Et la nature entière respire par ses soins.
Puis-je être malheureux ? Je Lui dois la naissance.
Tout est *bonté* sans doute en qui tout est *puissance.*
Ce DIEU si différent du Dieu que nous formons,
N'a jamais contre l'homme armé de noirs démons,
Il n'a point confié sa vengeance au tonnerre ;
Il n'a point dit aux cieux vous instruirez la terre.
Mais de la conscience, il a dicté la voix,
Mais dans le cœur de l'homme il a gravé ses Lois,
Mais il a fait rougir la timide innocence,
Mais il a fait pâlir la coupable licence,
Mais au lieu des enfers, il créa le remords
Et n'éternise point la douleur et la mort.

LEBRUN *(Poème de la nature).*

LE SPIRITISME

A SA PLUS SIMPLE EXPRESSION

D'APRÈS

L'ENSEIGNEMENT DES ESPRITS SUPÉRIEURS [1]

1

DIEU est l'intelligence suprême, cause première de toutes choses.

DIEU est *éternel, unique, immatériel, immuable, tout puissant,* souverainement *juste* et *bon.* Il doit être infini

---

[1] Ces enseignements ont été obtenus à l'aide de communications médianimiques, obtenues elles-mêmes par un *médium* doué tout spécialement de la faculté de pouvoir communiquer avec les Esprits ; facultés, chers Lecteurs, que nous possédons tous, plus ou moins. En effet, que chacun de vous se rappelle ses souvenirs sur ses actes passés et, positivement, il reconnaîtra aussitôt que plusieurs fois dans le passé, il lui est arrivé de faire tout l'opposé de ce qu'il avait, primitivement, l'intention de mettre à exécution. Preuves évidentes que vous avez eu, à ces dites époques, des communications spirituelles, sans en avoir pour ainsi dire conscience ; comme cela nous est arrivé à nous-même un très grand nombre de fois dans le passé de notre existence actuelle. Au surplus, chers Lecteurs, prenez consciencieusement connaissance des *on ne peut plus rationnels et sublimes enseignements* contenus dans cette brochure, et vous verrez qu'ils vous paraîtront tous posséder les qualités sus-désignées et que, de plus, ils vous seront tous des plus sympathiques, tellement leur raison d'être vous paraîtra absolue ; pour peu que vous consentiez à écouter votre raison et votre conscience, sans aucuns préjugés quelconques...

dans toutes ses perfections , car, si l'on supposait un seul de ses attributs imparfaits, il ne serait plus DIEU.

2

DIEU a créé la matière qui constitue les mondes [1] ; Il a aussi créé des Êtres intelligents que nous nommons Esprits, chargés d'administrer les mondes matériels, d'après les Lois immuables de la création; lesquels Esprits sont perfectibles par leur nature. En se perfectionnant, ils se rapprochent de la DIVINITÉ

3

L'Esprit, proprement dit, est le principe intelligent ; sa nature intime nous est inconnue ; pour nous, il est immatériel, parce qu'il n'a aucune analogie avec ce que nous appelons matière.

4

Les Esprits sont des Êtres individuels ; ils ont une enveloppe éthérée, impondérable, appelée *périsprit*, sorte de corps fluidique, type de la forme humaine. Ils peuplent

---

(1) En admettant que DIEU, l'*espace* et le *fluide cosmique universel* existent de toute éternité (vérité indiscutable pour toute personne tant soit peu sensée, spirituellement parlant), la création des mondes matériels est facile à comprendre. A cet égard, consulter les pages 217 à 233 de nos *Notions d'astronomie*, édition de 1885 ; lesquelles pages donnent des *renseignements généraux sur l'origine et la fin des mondes sidéraux en général ; sur la partie organique des mondes habités ; sur la progression des mondes vers DIEU et la mission des Esprits ; le tout terminé par une Conclusion.* — Ces enseignements généraux ont été extraits de l'important ouvrage de M. CHARLES RICHARD, intitulé : *Les Lois de DIEU et l'esprit moderne.*

les espaces, qu'ils parcourent avec la rapidité de l'éclair, et constituent le monde invisible.

5

L'origine et le mode de création des Esprits nous sont inconnus ; nous savons seulement qu'ils sont créés *simples et ignorants*, c'est-à-dire sans science et sans connaissance du bien et du mal, mais avec une égale aptitude pour tout ; car DIEU, dans sa justice, ne pouvait affranchir les uns du travail qu'il aurait imposé aux autres, pour arriver à la perfection. Dans le principe, ils sont dans une sorte d'enfance sans volonté propre, et sans conscience parfaite de leur existence.

6

Le libre arbitre se développant chez les Esprits en même temps que les idées, intuitivement DIEU leur dit : « Vous pouvez tous prétendre au bonheur suprême, lorsque vous aurez acquis les connaissances qui vous manquent et accompli la tâche que je vous impose. Travaillez donc à votre avancement ; voilà le but : vous l'atteindrez en suivant les Lois que j'ai gravées dans votre conscience. »

En conséquence de leur libre arbitre, les uns prennent a route la plus courte, qui est celle du bien, les autres la plus longue, qui est celle du mal

7

DIEU n'a point créé le mal ; il a établi des Lois, et ces

Lois sont toujours bonnes, parce qu'il est souverainement bon ; celui qui les observerait fidèlement serait
parfaitement heureux ; mais les Esprits, ayant leur libre
arbitre, ne les ont pas toujours observées, et le mal est
résulté pour eux de leur désobéissance. On peut donc
dire que le bien est tout ce qui est conforme à la Loi de
DIEU, et le mal tout ce qui est contraire à cette même
Loi.

8

Pour concourir, comme agents de la *Puissance divine*,
à l'œuvre des mondes matériels, les Esprits revêtent
temporairement un corps matériel. Par le travail que
nécessite leur existence corporelle, ils perfectionnent
leur intelligence et acquièrent, en observant la Loi de
DIEU, les mérites qui doivent les conduire au bonheur
éternel.

9

L'incarnation n'a point été imposée à l'Esprit, dans le
principe, comme une punition ; elle est nécessaire à son
développement et à l'accomplissement des œuvres de
DIEU, et tous doivent la subir, qu'ils prennent la route
du bien ou celle du mal ; seulement ceux qui suivent la
route du bien, avançant plus vite, sont moins longs à
parvenir au but et y arrivent dans des conditions moins
pénibles.

10

Les Esprits incarnés constituent l'humanité, qui n'est
point circonscrite à la Terre, mais qui peuplent tous les
mondes disséminés dans l'espace.

11

L'âme de tout Être humain est un Esprit incarné. Pour le seconder dans l'accomplissement de sa tâche, DIEU lui a donné, comme auxiliaires, les animaux qui lui sont soumis, et dont l'intelligence et le caractère sont proportionnés à ses besoins.

12

Le perfectionnement de l'Esprit est le fruit de son propre travail, ne pouvant, dans une seule existence corporelle, acquérir toutes les qualités morales et intellectuelles qui doivent le conduire au but, il y arrive par une succession d'existences à chacune desquelles il fait quelques pas en avant dans la voie du progrès.

13

A chaque existence corporelle l'Esprit doit fournir une tâche proportionnée à son développement ; plus elle est rude et laborieuse, plus il a de mérite à l'accomplir. Chaque existence est ainsi une épreuve qui le rapproche du but. Le nombre de ces existences est indéterminé. Il dépend de la volonté de l'Esprit de l'abréger en travaillant activement à son perfectionnement moral ; de même qu'il dépend de la volonté de l'ouvrier qui doit fournir un travail d'abréger le nombre des jours qu'il emploie à le faire.

14

Lorsqu'une existence a été mal employée, elle est sans

profit pour l'Esprit, qui doit la recommencer dans des
conditions plus ou moins pénibles en raison de sa négli-
gence et de son mauvais vouloir ; c'est ainsi que, dans la
vie, on peut être astreint à faire le lendemain ce qu'on n'a
pas fait la veille, ou à refaire ce qu'on a mal fait.

15

La vie spirituelle est la vie normale de l'Esprit : elle est
éternelle ; la vie corporelle est transitoire et passagère :
ce n'est qu'un instant dans l'éternité.

16

Dans l'intervalle de ses existences corporelles, l'Esprit
est *errant*. L'erraticité n'a pas de durée déterminée ; dans
cet état l'Esprit est heureux ou malheureux, selon le bon
ou le mauvais emploi qu'il a fait de sa dernière existence ;
il étudie les causes qui ont hâté ou retardé son avancement ; il prend les résolutions qu'il cherchera à mettre
en pratique dans sa prochaine incarnation et choisi lui-
même les épreuves qu'il croit les plus propres à son
avancement ; mais quelquefois il se trompe, ou succombe,
en ne tenant pas comme Être humain les résolutions
qu'il a prises comme Esprit.

17

L'Esprit coupable est puni par les souffrances morales
dans le monde des Esprits, et par les peines physiques
dans la vie corporelle. Ses afflictions sont la conséquence
de ses fautes, c'est-à-dire de son infraction à la Loi de

DIEU ; de sorte qu'ils sont à la fois une expiation du passé et une épreuve pour l'avenir : c'est ainsi que l'orgueilleux peut avoir une existence d'humiliation, le tyran une de servitude, le mauvais riche une de misère...

18

Il y a des mondes appropriés aux différents degrés d'avancement des Esprits, et où l'existence corporelle se trouve dans des conditions très différentes. Moins l'Esprit est avancé, plus les corps qu'il revêt sont lourds et matériels ; à mesure qu'il se purifie, il passe dans des mondes supérieurs moralement et physiquement. La Terre n'est ni le premier ni le dernier, mais est un des plus arriérés.

19

Les Esprits coupables sont incarnés dans les mondes les moins avancés, où ils expient leurs fautes par les tribulations de la vie matérielle. Ces mondes sont pour eux de véritables purgatoires, mais d'où il dépend d'eux de sortir en travaillant à leur avancement moral. La terre est un de ces mondes.

20

DIEU, étant souverainement *juste* et *bon*, ne condamne pas ses créatures à des châtiments perpétuels pour des fautes temporaires ; il leur offre en tous temps les moyens de progresser et de réparer le mal qu'elles ont pu faire. DIEU pardonne, mais il exige le repentir, la réparation et le retour au bien ; de sorte que la durée du châtiment

est proportionnée à la persistance de l'Esprit dans le mal,
que, par conséquent, le châtiment serait *éternel* pour
celui qui resterait éternellement dans la mauvaise voie ;
mais, dès qu'une lueur de repentir entre dans le cœur du
coupable, DIEU étend sur lui sa miséricorde. L'éternité
des peines doit aussi s'entendre dans le sens relatif, et
non dans le sens absolu.

21

Les Esprits, en s'incarnant, apportent avec eux ce qu'ils
ont acquis dans leurs existences précédentes ; c'est la raison pour laquelle les Êtres humains montrent instincti-
vement des aptitudes spéciales, des penchants bons ou
mauvais qui semblent innés en eux.

Les mauvais penchants naturels sont les restes des
imperfections de l'Esprit, et dont il ne s'est pas entièrement
dépouillé ; ce sont aussi les indices des fautes qu'il a
commises, et le véritable *péché originel*. A chaque existence il doit se laver de quelques impuretés.

22

L'oubli des existences antérieures est un bienfait de
DIEU qui, dans sa bonté, a voulu épargner à l'Être humain
des souvenirs le plus souvent pénibles. A chaque nouvelle
existence, l'Être humain est ce qu'il s'est fait lui-même :
c'est pour lui un nouveau point de départ ; il connaît ses
défauts actuels ; il sait que ces défauts sont la suite de
ceux qu'il avait ; il en conclut le mal qu'il a pu commettre,
et cela lui suffit pour travailler à se corriger. S'il avait
autrefois des défauts qu'il n'a plus, il n'a pas à s'en pré-
occuper ; il a assez de ses imperfections présentes.

23

Si l'âme n'a pas déjà vécu, c'est qu'elle est créée en même temps que le corps ; dans cette supposition, elle ne peut avoir aucun rapport avec celles qui l'on précédée. On se demande alors comment DIEU, qui est souverainement juste et bon, peut l'avoir rendue responsable de la faute du père du genre humain, en l'entachant d'un péché originel qu'elle n'a pas commis. En disant, au contraire, qu'elle apporte en renaissant le germe des imperfections de ses existences antérieures ; qu'elle subit dans l'existence actuelle les conséquences de ses fautes passées, on donne du *péché originel* une explication logique que chacun peut comprendre et admettre, parce que l'âme n'est responsable que de ses propres œuvres.

24

La diversité des aptitudes innées, morales et intellectuelles, est la preuve que l'âme a déjà vécu ; si elle avait été créée en même temps que le corps actuel, il ne serait pas selon la bonté de DIEU d'avoir fait les unes plus avancées que les autres. Pourquoi des sauvages et des Êtres civilisés, des bons et des méchants, des sots et des gens d'esprit ? En disant que les uns ont plus vécu que les autres et ont plus acquis, tout s'explique.

25

Si l'existence actuelle était unique et devait seule décider de l'avenir de l'âme pour l'éternité, quel serait le sort des enfants qui meurent en bas âge ? N'ayant fait ni bien ni mal, ils ne méritent ni récompenses ni punitions. Selon la parole du Christ, chacun étant récompensé selon ses œuvres, ils n'ont pas droit au parfait bonheur des anges, ni mérité d'en être privés. Dites qu'ils pourront, dans une autre existence, accomplir ce qu'ils n'ont pu faire dans celle qui a été abrégée, et il n'y a plus d'exceptions.

26

Par le même motif, quel serait le sort des crétins et des idiots ? N'ayant aucune conscience du bien et du mal, ils n'ont aucune responsabilité de leurs actes. DIEU serait-il juste et bon d'avoir créé des âmes stupides pour les vouer à une existence misérable et sans compensation ? Admettez, au contraire, que l'âme du crétin et de l'idiot est un Esprit en punition dans un corps impropre à rendre sa pensée, où il est comme un homme fort comprimé par des liens, et vous n'aurez plus rien qui ne soit conforme à la justice de DIEU.

27

Dans ces incarnations successives, l'Esprit, s'étant peu à peu dépouillé de ses impuretés et perfectionné par le travail, arrive au terme de ses existences corporelles; il appartient alors à l'ordre des *purs Esprits* ou des *anges*, et jouit à la fois de la vie complète de DIEU et d'un bonheur sans mélange pour l'éternité.

28

Les Êtres humains étant en expiation sur la Terre, DIEU, en bon père, ne les a pas livrés à eux-mêmes sans guides. Ils ont d'abord leurs Esprits protecteurs ou anges gardiens, qui veillent sur eux et s'efforcent de les conduire dans la bonne voie; ils ont encore les Esprits en mission sur la terre, Esprits supérieurs incarnés de temps en temps parmi eux pour éclairer la route par leurs travaux et faire avancer l'humanité. Bien que DIEU ait gravé sa Loi dans la conscience, il a cru devoir la formuler d'une manière explicite; il leur a d'abord envoyé Moïse; mais les lois de Moïse étaient appropriées aux hommes de son temps; il ne leur a parlé que de la vie terrestre, de peines et de récompenses temporelles. Le Christ est venu ensuite compléter la loi de Moïse par un enseignement plus élevé : *la pluralité des existences* (1), *la vie spirituelle, les peines et les récompenses morales*. Moïse les conduisait par la crainte, le Christ par l'amour et la charité.

29

Le Spiritisme, mieux compris aujourd'hui, ajoute, pour les incrédules, l'évidence à la théorie; il prouve l'avenir par des faits patents, il dit en termes clairs et sans équivoque ce que le Christ a dit en paraboles; il explique les vérités méconnues ou faussement interprétées; il révèle l'existence du monde invisible ou des Esprits, et initie l'Être humain aux mystères de la vie future; il vient combattre le matérialisme, qui est une révolte contre la Puissance de DIEU; il vient enfin établir parmi tous les Êtres humains le règne de la charité et de la solidarité annoncé par le Christ. Moïse a labouré, le Christ a semé, le Spiritisme vient récolter.

---

(1) Evang. saint Mathieu, chap. XVII, v. 10 et suiv. — Saint Jean, chap. III, v. 2 et suiv.

30

Le Spiritisme n'est point une lumière nouvelle, mais une lumière plus éclatante, parce qu'elle surgit de tous les points du globe par la voie de ceux qui ont vécu. En rendant évident ce qui était obscur, il met fin aux interprétations erronées, et doit rallier tous les Êtres humains à une même croyance, parce qu'il n'y a qu'un *seul* DIEU, et que ses Lois sont les mêmes pour tous; il marque enfin l'ère des temps prédits par le Christ et les prophètes.

31

Les maux qui affligent les humains sur la terre ont pour cause l'orgueil, l'égoïsme et toutes les mauvaises passions. Par le contact de leurs vices, *hélas! tous se rendent réciproquement malheureux et se punissent les uns par les autres.* Que la charité et l'humilité remplacent l'égoïsme et l'orgueil, alors ils ne chercheront plus à se nuire; ils respecteront les droits de chacun, et feront régner entre eux la concorde et la justice.

32

Mais comment détruire l'égoïsme et l'orgueil qui semblent innés dans le cœur de l'Être humain. — L'égoïsme et l'orgueil sont dans le cœur de l'Être humain, parce que les Êtres humains sont des Esprits qui ont suivi dès le principe la route du mal, et qui ont été exilés sur la terre en punition de ces mêmes vices; c'est encore là leur péché originel dont beaucoup ne se sont pas dépouillés. Par le Spiritisme, DIEU vient faire un dernier appel à la pratique de la loi enseignée par le Christ : la loi d'amour et de charité.

33

· La terre étant arrivée au point marqué pour devenir · un séjour de bonheur et de paix, à l'avenir il ne sera plus permis aux mauvais Esprits incarnés d'y porter le trouble au préjudice des bons; c'est pourquoi ils devront disparaître. Ils iront expier leur endurcissement dans des mondes moins avancés, où ils travailleront à nouveau à leur perfectionnement, dans une série d'existences plus malheureuses et plus pénibles encore que sur la terre.

Ils formeront dans ces mondes une nouvelle race plus éclairée et dont la tâche sera de faire progresser les Êtres arriérés qui les habitent, à l'aide de leurs connaissances acquises. Ils n'en sortiront pour un monde meilleur, que lorsqu'ils l'auront mérité, et ainsi de suite, jusqu'à ce qu'ils aient atteint la purification complète. Si la terre était pour eux un purgatoire, ces mondes seront leur enfer, mais un enfer où l'espérance n'est jamais bannie.

34

L'humanité terrestre étant destinée à progresser et à devenir un monde *régénérateur*, dans un temps très rapproché (nous ferons remarquer, ici, que jusqu'à ce jour elle n'a été qu'un monde *d'expiation*), il ne sera plus permis, à l'avenir, aux mauvais Esprits désignés dans l'article précédent, de venir s'incarner sur le globe terrestre. Aussi, pouvons-nous dire que nous assistons, actuellement, à la transformation qui se produit sur le dit globe, prélude de la rénovation dont le Spiritisme marque l'avènement. _____ A. KARDEC.

Tels sont, amis lecteurs, les *principes généraux*

de la Doctrine spirite dont ALLAN KARDEC a été *l'unique initiateur*. A vous maintenant *d'apprécier, de juger* et *de décider* si cette Doctrine est vraiment *consolante, rationnelle* et *sublime;* si, enfin, *une telle Doctrine mérite d'avoir sa raison d'être?...*

A. B.

AVIS

Au Clergé dit romain, mettant son espérance
Dans la *foi aveugle* (véritable imprudence);
Disons que la *raison*, que DIEU nous a donnée,
Doit, *seule*, nous guider, en toute vérité.
Nous ne devons donc plus croire au *petit pigeon*,
Né à la *trinité*, comme il est de raison.
En effet, premier dogme étant considéré
Comme une vérité; dans ce moment critique,
Le second, forcément, se trouvait annulé,
Et de plus, encore (cela, vraiment s'explique),
Le *père* et puis le *fils*, privés du *Saint-Esprit*,
A l'état matériel, étaient vraiment réduits.
Mais alors, dans ce cas, qui gouvernait, enfin,
L'Univers tout entier, l'immenclté sans fin?...
Répondez, Messeigneurs, et convenez, vraiment,
Que *blasphématoires* sont vos enseignements;
D'autant plus que, hélas ! votre dit *Saint-Esprit*
(Les mondes humains étant à l'infini),
Forcément, subirait l'obligation forcée
De rester, en tout temps, en pigeon transformé.
Franchement, vous devez convenir, Messeigneurs,
Que votre trinité n'est qu'un bien triste leurre?...

A. B.

FIN DES PRINCIPES GÉNÉRAUX DU SPIRITISME

QUATRE AVIS DIFFÉRENTS

SE RAPPORTANT A NOTRE

PREMIÈRE INNOVATION.

A NOS LECTEURS

PREMIER AVIS

Le vrai devoir consiste, assurément, Lecteurs,
A toujours modifier ce qui vraiment, d'ailleurs,
Nous paraît à chacun plus ou moins imparfait.
Tout sage agit ainsi; ce qui le rend parfait.
C'est donc le vrai devoir de tout homme prudent,
Comme le dit sage, d'agir également.
Ce que nous disons là, donne sa raison d'être
A l'avis deuxième, qui vous plaira peut-être,

DEUXIÈME AVIS

Les anciennes règles de versification,
D'une difficulté contraire à la raison,
Sont par nous, chers Lecteurs, sagement remplacées
Par d'autres se trouvant de beaucoup plus sensées;
Plus conformes, vraiment, à la vraie harmonie,
La chose principale, en bonne poésie.
Prenez-en connaissance et vous verrez, Lecteurs,
Que ce que nous disons est très juste, d'ailleurs.

TROISIÈME AVIS

Si vous avez recours à nos règles nouvelles
(Absolument sensées, tout à fait rationnelles),
Sensément adoptées par nous en poésie :
Vous aurez, chers Lecteurs, l'agrément infini
De pouvoir versifier tout sujet désigné,
A cette condition d'en être impressionnés ;
Condition absolue, pour la définition
Facile, assurément, du sujet en question.

      Essayez, chers Lecteurs,
      Et vous verrez, d'ailleurs,
      Que vos premiers essais
      Auront un vrai succès.

QUATRIÈME AVIS

Le conseil désigné dans le troisième avis,
A le grand mérite de combattre l'ennui,
Qui s'empare de nous, très positivement,
Quand nous sommes privés de toute occupation,
En dehors de celles qui sont journellement
Imposées à nous tous, comme une obligation.
Ce que nous disons là, est vrai et fort sensé ;
Car le temps, dans ce cas, est bien vite passé.

      En effet, chers Lecteurs,
      Acceptez notre avis,
      Et pour vous tous, amis,
      Les jours seront des heures.

AVIS A NOS LECTEURS

CONCERNANT

LES QUATRE INNOVATIONS ADMISES PAR NOUS DANS LA POÉSIE

Ce qui nous a engagé, chers Lecteurs, à entreprendre la composition de nos deux poèmes *psycologique* et *astronomique,* ce sont les *quatre innovations* suivantes, que nous avons admises dans la poésie, comme étant tout à fait *rationnelles* et *sensées,* du moment qu'elles facilitent énormément toutes productions poétiques quelconques; tout en améliorant très sensiblement sa *cadence* et son *harmonie,* ainsi qu'il en sera donné des preuves matérielles convaincantes à la fin du présent avis, se rapportant uniquement aux *Nouvelles règles poétiques* admises par nous dans la versification. Ces preuves matérielles seront d'autant plus convaincantes, qu'elles seront toutes extraites de l'*Art poétique* de Nicolas Boileau-Despréaux; lequel *Art poétique* est un chef-d'œuvre sublime de poésie ; ce qui ne l'empêche pas, cependant, d'être défectueux dans certains endroits, défectuosités uniquement dues à certaines exigences peu harmonieuses des *règles poétiques* admises de son temps.

A ceux de nos Lecteurs que nos observations ci-dessus feront sourire, nous répondrons tout simplement ceci : prenez connaissance des extraits qui figurent pages 51 à 54 de cet écrit, et vous verrez que votre sourire cessera immédiatement. Quant aux quatre innovations admises par nous dans la versification, elles sont les suivantes :

1º Concernant l'*hiatus*, nous ferons remarquer que celui qu'on emploie dans le discours, sans nuire à la pureté de la langue dans laquelle on parle, doit *sensément* être permis. Ainsi, par exemple, dans le distique suivant :

Femme qui a beauté sans être charitable,
N'est belle qu'à moitié et n'est jamais aimable.

le premier est défectueux, tandis que le second est très acceptable.

2º Quant à faire rimer un singulier avec un pluriel, sans blesser l'oreille, cette *innovation* nous paraît également *rationnelle* et *sensée*, et doit forcément être acceptée, dans le but de rendre la poésie beaucoup plus facile ; du moment surtout (nous le répétons), que cela ne nuit aucunement à la *cadence* et à l'*harmonie* des vers en question ; ainsi que le prouve le quatrain suivant :

Plaisirs et puis jeunesse ont tout à fait leur charme,
Mais sans la charité, compagne du bonheur,
Ils sont le plus souvent (croyez-moi, chers Lecteurs)
La cause qui, plus tard, fait verser bien des larmes.

3° La *troisième innovation* consiste à admettre que deux syllabes unies entre elles par des voyelles (comme cela a lieu dans les mots suivants : *punition, patience, conscience*, etc.) doivent, dans l'intérêt de la *cadence* et de l'*harmonie*, des vers se trouvant dans cette condition, ne former qu'une *seule* syllabe, appelée complexe ; du moment que sa prononciation se produit en une seule émission de voix [1]. Ces trois mots ne doivent donc généralement former que trois syllabes. Leur en accorder quatre, doit être considéré

---

[1] Ce que nous disons ici a d'autant plus sa raison d'être que, page 69 de la *Grammaire générale* de NAPOLÉON LANDAIS, nous lisons le passage suivant : 2° Une *syllabe complexe* est une voix double, qui comprend deux voix élémentaires prononcées distinctement et consécutivement, mais en une seule émission ; telles sont les premières syllabes des mots *oi-seau, cloi-son, hui-lier, tui-lier.*

comme étant une liberté poétique, dont on doit
user le moins possible, dans l'intérêt de la *cadence*
et de l'*harmonie* de toute bonne versification;
liberté que nous évitons dans les trois distiques
suivants :

Toutes *innovations* sont bonnes, chers Lecteurs,
Quand elles ont pour but de nous rendre meilleurs.

———

Une vraie *situation* tout à fait déplorable,
C'est de nuire à autrui, sans un motif valable.

———

La *Conscience*, Lecteurs, doit toujours nous guider :
Sans quoi, dans l'autre vie, il nous faudra pleurer.

il existe cependant certains cas où l'on doit, autant que possible, éviter cette liaison. Ainsi, par
exemple, une telle liaison ne doit plus exister
dans les mots suivants : *équiangle, triangle,
influence,* les deux voyelles i et u ayant un son
très distinct dans la prononciation; tels sont les
deux distiques suivants :

Pour sûr, deux *triangles* sont vraiment *équiangles,*
Quant chacun à chacun sont égaux leurs trois angles.

———

Influencer quelqu'un, dans un but malveillant:
C'est prouver, chers Lecteurs, qu'on est vraiment
[méchant.

Nous ferons remarquer ici, que le mot *situation* qui, d'après notre *troisième innovation*, ne forme que trois syllabes, en forme cinq, d'après les *anciennes règles poétiques* et doit se prononcer ainsi : si-tu-a-ti-on; ce qui, franchement, est peu harmonieux et, de plus peu sensé... Au surplus, nous ferons remarquer que, généralement, c'est notre oreille qu'il faut consulter en pareil cas; le plus simple bon sens nous en fait un devoir et, en même temps, une obligation.

4° Enfin, la *quatrième et dernière innovation* consiste à admettre : que tout adjectif féminin peut parfaitement bien se mettre dans l'intérieur d'un vers, tout en considérant l'e muet final du dit adjectif comme ne produisant pas de syllabe dans ledit vers, son *son* étant pour ainsi dire inaccessible à l'oreille, comme le disent fort bien MM. NOEL et CHAPSAL dans leur *Nouvelle Grammaire française*, et ne pouvant, d'après cela, aucunement nuire à la *cadence* et à l'*harmonie* des vers se trouvant dans cette condition. Tels sont, par exemple, les trois distiques suivants, dont chacun des vers n'a *rationnellement* que douze syllabes; chaque syllabe féminine (si toutefois nous pouvons nous exprimer ainsi) n'en

formant réellement qu'une, bien distincte, dans
la prononciation. Exemple :

> Une rose *fanée* ne fut jamais, Lecteur,
> Chose bien désirée et vraiment en faveur.

> Plusieurs roses *fanées, unies* en un bouquet.
> N'ont jamais, chers Lecteurs, produit un grand effet.

> Bienfaisante *rosée*, le matin, sur les fleurs,
> Produit un vrai bienfait, ravivant leurs couleurs.

Telles sont, amis Lecteurs, les *quatre innovations* que nous avons admises dans la versification, ainsi que vont le prouver les huit articles
suivants, après lesquels nous ferons connaître les
extraits dont nous avons fait mention au commencement de cet *Avis à nos Lecteurs*. Ces huit
articles sont les suivants :

I. Quatre grandes vérités psychologiques et morales.

1º SUR LA COMPOSITION DE L'ÊTRE HUMAIN.

Tout Être humain comprend trois distinctes parties;
PRIMO, *le corps* qui est purement matériel
SECUNDO, *son âme*, vraiment immatérielle;
TERTIO, *certain fluide* qu'on définit ainsi :

Le fluide intermédiaire entre l'âme et le corps.
L'âme doit emporter, à la mort du dit corps,
Le fluide ci-dessus, destiné à former
Son corps spirituel, invisible pour nous,
Mais visible pour elle, autant que la matière
Est, positivement, visible pour nous tous.
De là, nous concluons : *L'existence forcée*
Du monde des Esprits dans l'espace éthéré.

2° MORT MATÉRIELLE ET VIE SPIRITUELLE.

L'Être humain craint la mort purement matérielle,
Sa vraie délivrance nommée spirituelle,
Et, certes, ne craint pas (l'infortuné qu'il est)
De souiller son âme, qui survit au décès
De son corps matériel, lequel devient poussière,
Étant des trois parties, vraiment la plus grossière;
Tandis que sa dite âme, Être spirituel,
Survit à son dit corps et devient éternelle.
L'Être humain coupable doit *seul* la redouter,
Car *lui seul*, en effet, doit vraiment éprouver,
En dehors de la vie purement matérielle,
Des peines morales, toutes spirituelles,
Peines qu'il subira, jusqu'au moment fixé,
Pour se réincarner dans une humanité.

3° SUR LA PLURALITÉ DES EXISTENCES HUMAINES.

L'Être humain progressant dans sa vie matérielle,
Et puis son âme étant reconnue immortelle,
Ainsi que destinée à se réincarner,

Forcément, nous sommes obligés d'accepter
La pluralité des existences humaines.
Cette vérité-là étant chose certaine,
Nous tous nous avons donc, Lecteurs, déjà vécu
Sur des mondes humains et devrons vivre, en plus,
Sur d'autres qui seront plus en plus épurés;
Cela jusqu'à ce que nous soyons arrivés
A pureté complète, étant la destinée
De tous, sans exception, en toute vérité.

4° EXPLICATION DES ANOMALIES EXISTANT DANS NOTRE HUMANITÉ.

La pluralité des existences humaines
Une fois acceptée, alors (chose certaine)
Toutes anomalies de notre humanité
Sont, positivement, tout à fait expliquées.
En effet, les Esprits, à leur point de départ,
Doivent tous être égaux en bien et puis en mal,
Laquelle égalité doit (règle générale)
Très positivement disparaître plus tard.
Cela, assurément, se comprend de soi-même
Du moment que chacun a le pouvoir extrême
De bien ou mal faire, suivant sa volonté;
Ce qui, par la suite, fait leur diversité,
Sous le rapport de la fortune et puis santé,
Comme cela se voit dans notre humanité.

A. B.

II. DIVISION DES ESPRITS EN CINQ ORDRES PRINCIPAUX

1er ORDRE

Premier ordre comprend les Esprits arrivés
A toute perfection, n'étant plus obligés
De subir de nouveau la réincarnation,
Se trouvant au plus haut degré d'épuration.
On les nomme Esprits *purs*, qui pour l'éternité
Doivent jouir, pour sûr, de la pure existence
Absolument morale et spiritualisée,
Et la plus heureuse, c'est de toute évidence.
Des Esprits vraiment *purs*, tout le bonheur suprême
Consiste à voir, aimer et puis comprendre DIEU ;
Ils sont ses Messagers et ses Ministres même,
Chargés de transmettre ses ordres en tous lieux.
Les mondes qui, pour eux, servent d'habitation,
Sont les mondes *divins*, tout à fait épurés ;
Ces mondes sans doute, d'après notre raison,
De toute création sont les plus élevés.

2mc ORDRE

Deuxième Ordre comprend les Esprits arrivés
Au degré supérieur de toute épuration,
Mais devant encore subir l'incarnation
Pour devenir enfin, tout à fait épurés.
Ces Esprits s'appellent : les Esprits *supérieurs*,
Et les mondes humains, leur servant de demeure,
Portent également le même nom, d'ailleurs.
Ces Esprits arrivés au faîte du bonheur
Dont tout Esprit quelconque un jour devra jouir,
Aux Esprits inférieurs commandent d'accomplir

Les ordres absolus de la DIVINITÉ,
Qui tous leur sont transmis, de toute éternité,
Par tous les Esprits *purs*, qui seuls assurément
Ont le droit d'approcher de l'ÊTRE *Tout-Puissant.*

3me ORDRE

Troisième ordre comprend les Esprits épurés,
Inférieurs d'un degré aux Esprits supérieurs.
Chez eux tous domine la spiritualité ;
Ce qui les rend, alors, tant soit peu supérieurs.
Amour et sympathie les unissent entre eux ;
Ce qui rend cette vie plus heureuse pour eux,
Que la nôtre est pour nous, c'est de toute évidence.
Quant aux mondes humains, leur servant de demeure,
Nous devons convenir, d'après notre conscience,
Qu'ils ont tous droit au nom de *régénérateur.*

4me ORDRE

Quatrième ordre comprend les Esprits mélangés,
Dont notre humanité se trouve composée.
Nous est-il, en effet, possible d'ignorer
Que le bien et le mal se trouvent figurer
Tout à fait mélangés dans notre humanité ?
C'est que trop vrai, hélas ! et cette vérité
Est cause évidente, que nous appellerons
Notre monde terrestre, un monde d'*expiations,*
Ainsi que d'épreuves. A nous donc, exilés,
De faire beaucoup mieux que par les temps passés,
Si nous voulons avoir le suprême bonheur
De ne plus retourner sur ce monde inférieur,

Et d'être, en même temps, alors autorisés
A pouvoir habiter l'un des susdésignés.

5ᵐᵉ Ordre

Le dernier ordre enfin, lequel est le *cinquième*,
Est le plus matériel, et de plus, disons même
D'une infériorité tout à fait absolue.
La vie de ces Esprits étant à leur début,
C'est pourquoi on les dit les Esprits *primitifs*,
Qui n'ont rien à expier, n'ayant aucun passif.
Quand aux mondes humains, leur servant de demeure,
Ils ne peuvent porter qu'un nom semblable au leur.
Tels sont, amis Lecteurs, d'après notre raison,
Les ordres divisant les Esprits en question,
    Dans l'espace sans fin
    Ou l'infini, enfin.
Nous allons, maintenant, donner l'explication
De ce que peut être la progression pour eux.
Règle générale : la plus simple raison
Nous dit que ces Esprits, plus ou moins malheureux,
Sont tous susceptibles de pouvoir progresser
Et d'arriver, enfin, au *but* tant désiré,
Celui qui consiste dans toute pureté ;
Loi des plus sublimes, qu'il nous faut admirer.
Dans ce cas, il leur faut subir l'incarnation
Dans une humanité, comme il est de raison ;
Laquelle est, en tout temps, d'autant plus épurée,
Que leur Esprit lui-même est vraiment élevé.
Cette vérité là est vraiment éternelle,
Et, de plus encore, tout-à-fait rationnelle.

A. B.

Tels sont, amis Lecteurs, les cinq ordres qui, probablement, doivent diviser les Esprits en dehors de leur incarnation dans une humanité terrestre. Assurément, dans les Mondes spirituels, ces cinq ordres principaux peuvent parfaitement bien se diviser en sous-ordres absolument nombreux, qui nous sont inconnus ; tandis que la simple raison humaine fait parfaitement comprendre la probabilité de la division générale sus-désignée.

III. RÉFLEXIONS SENSÉES

se rapportant à
NOTRE DÉFI PACIFIQUE

Dans notre Brochure justement appelée :
Les deux Antipodes ou pur Christianisme
Opposé à l'impur et faux Catholicisme,
Ou l'eau et le feu (c'est une vérité),
Nous avons adressé un *défi pacifique* [1]
A Messieurs les MEMBRES du Clergé catholique [2].

---

(1) Prendre connaisance de ce dit *défi*, à la page 36 de la Brochure sus-désignée.

(2) Un exemplaire de cette Brochure a été adressé à tous Messieurs les Archevêques et Évêques français, le 6 mars 1883, et puis, ensuite, le 13 juin suivant, à vingt-six des principaux MEMBRES de l'Index, y compris Monseigneur le Pape Léon XIII. De plus, encore, un exemplaire de notre *véritable régénérateur*, format in-32, leur a été également adressé à tous, dans le courant de l'année 1884 ; ce que certainement, nous ne ferons pas pour la présente Brochure, persuadé d'avance, que cela serait une démarche de notre part, complètement inutile. Nous le regrettons pour ces Messieurs et, *bien d'avantage encore*, pour notre humanité terrestre....

A. B.

A ce défi moral, aucun n'a répondu :
D'où nous devons couclure, avec toute assurance :
Que, comme *anti-chrétiens*, tous se sont reconnus.
De leur part, c'est vraiment agir avec prudence...
Peut-être, amis Lecteurs, vous me direz ceci :
S'ils n'ont pas répondu à votre dit défi,
C'est parce que, sans doute, il leur est inconnu.

    Lecteurs, votre objection
    (Nous le reconnaissons)
Aurait une valeur tout à fait absolue,
Si tous Messieurs nos très vénérés Archevêques
Ainsi que tous Messieurs nos vénérés Évêques,
Et puis vingt-six Membres principaux de l'Index,
Y compris le Pape vénéré LÉON treize,
N'avaient reçu chacun (franco et comme hommage)
Notre dite Brochure, assurément très sage ;
Du moment que son but est de les ramener
Dans la voie du salut, qui doit tous nous guider ;
Celle que Jésus-Christ, dans les quatre Évangiles,
Constamment désigne comme des plus utiles.

    D'après cela, certainement,
    Lecteurs amis et bienveillants,
N'a pas sa raison d'être, alors, votre objection ;
Le contraire existant pour cette allocution
Adressée à tous nos vénérés Archevêques,
Ainsi qu'à tous Messieurs nos vénérés Évêques,
Y compris les MEMBRES principaux de l'Index,
Et, surtout, Monseigneur le Pape LÉON treize.

        ALLOCUTION

Conformez-vous, Messieurs (avec sincérité),
Aux très purs préceptes de l'Esprit bien-aimé ;

De Jésus-Christ enfin, dont les enseignements
(Sublimes, très moraux et surtout très sensés)
Doivent être, *par vous*, franchement acceptés.
Alors, dans un tel cas, très positivement,
Nous nous engagerons à ne plus discuter
Les dogmes immoraux de l'anti-Christianisme ;
Autrement dit, Messieurs, du dit Catholicisme,
Que le simple *bon sens* devrait vous engager
A vouloir modifier, dans le sens très sensé
Des saints Évangiles par vous tous acceptés.
Dans le cas contraire, vous dire apostoliques,
Ne peut vous convenir; c'est vraiment sans réplique.
De là, nous concluons : *que le Catholicisme*
Doit être remplacé par le pur Christianisme,
Si vous avez, Messieurs (en toute vérité),
Le vrai désir de plaire à la DIVINITÉ...
Ce *désir*, sans doute, chez vous tous, Messeigneurs,
Devrait assurément, tout à fait *dominer.*
Comment se fait-il donc, qu'aucun de vous, Messieurs,
Se décide à vouloir franchement modifier,
Du Clergé dit romain, les *faux enseignements*
Tout à fait opposés au plus simple bon sens ?
Modifiez-les, Messieurs, ou bien pour des païens
Vous passerez vraiment, soyez-en tous certains ;
Du moment que tous vos pieux enseignements
Sont (nous le répétons) l'opposé du bon sens.
Ce que nous disons là, Messieurs nos Archevêques,
Et puis vous tous, Messieurs nos vénérés Évêques,
Y compris les MEMBRES principaux de l'Index,
Et, surtout, Monseigneur le Pape LÉON treize,
Devrait, assurément, vous faire réfléchir

Et de plus encore, vous faire *tous* frémir.
Car enfin, franchement, tous vos enseignements
Ne pouvant engendrer, très positivement,
Que l'impie bigotisme,
Ou le matérialisme,
Ou bien encore, enfin, le Bramanisme ancien,
Un peu enté sur le Paganisme romain ;
Votre conscience doit, en cette circonstance,
Être peu tranquille, troublée, puis vraiment
Epouvantée par le très affreux châtiment
Que toute hypocrisie (hors de cette existence)
Devra, hélas ! Messieurs, assurément subir.
Pour tous les coupables, cela nous fait frémir.
Réfléchissez, Messieurs rentrez tous en vous-mêmes,
Et vous voudrez, alors, plaire à l'ÊTRE SUPRÊME ;
En remplaçant votre très faux Catholicisme,
Par le très rationnel et très pur Christianisme.
Au surplus, Messeigneurs soyez tous persuadés
Que si nous critiquons vos dogmes *insensés ;*
Ce n'est pas pour vous *nuire,* ou bien pour vous *blesser*
(Sentiments qui, chez nous, ne peuvent exister) ;
Mais bien dans l'*intérêt* de notre humanité
Et de plus encore (soyez-en persuadés),
Pour vous garantir, *tous,* des souffrances horribles,
Dont positivement vous serez tous passibles
Au sortir de la vie actuelle et puis bornée,
Si, malheureusement, vous avez la pensée
De vouloir persister à ne pas modifier
Vos dogmes *immoraux,* qui vous font BLASPHÉMER.

A. B.

IV. — PETITE ALLOCUTION

ADRESSÉE PAR LES HABITANTS D'UNE COMMUNE

A MONSIEUR LEUR CURÉ

Monsieur notre Curé, en toute vérité,
Est-ce de votre part un acte très sensé,
Et utile vraiment, à notre humanité,
De mettre la *vertu* dans la *virginité ?*...
Ce *vœu*, de votre part, n'a pas sa raison d'être,
Et de plus est, encore, absolument coupable ;
Puisqu'il vous oblige, par trop souvent peut-être,
A faire des actes tout à fait condamnables,
Et, de plus encore, certainement honteux,
Ainsi que l'ont prouvé des procès malheureux.
Renoncez à ce *vœu*, Monsieur notre Curé,
Prenez femme et ayez des enfants *légitimes ;*
Alors, dans un tel cas, vous serez assuré
De remplir des devoirs absolument sublimes,
Et de plus, encore, votre mission sacrée
(Que vous pourrez remplir très convenablement),
Par tous vos ouailles, sera très vénérée.
Cette *conséquence*, très grande assurément,
Monsieur notre Curé, devrait vous décider
(Ce que nous disons là est à considérer)
A suivre ce conseil, absolument prudent,
Et donné (croyez-nous) tout fraternellement.
Si, de vos Supérieurs, vous craignez la critique
Dites-leur qu'une loi, reconnue catholique
(Très ancienne, il est vrai ; mais toujours existante)

Vous autorise en plein à contracter mariage.
Et si, malgré cela, ils ont le *faux* courage
De vouloir condamner votre action très prudente :
Dites-leur franchement, que c'est votre conscience
Qui vous a fait agir, en cette circonstance ;
Ensuite, ayez recours au MINISTRE des Cultes
Qui vous protégera et saura bien défendre
Votre cause, par tous, reconnue des plus justes ;
Défense qu'en tout temps, le MINISTRE peut prendre
Sans éprouver une seule difficulté,
L'Église étant vraiment *notre propriété.*

A. B.

V. — LA PERSÉVÉRANCE

Dans le *vrai*, le plus beau : c'est la *persévérance*
Qui devient, dans ce cas, une vertu immense.
Dans le *faux*, au contraire, elle est des plus coupables,
Tout à fait méprisée et de plus condamnable ;
Ne méritant, enfin, que le profond mépris
De tous cœurs honnêtes, n'ayant aucuns soucis.
Cette dernière, hélas ! assurément consiste
A vouloir enseigner des dogmes *malheureux* ;
Tout à fait *immoraux*, positivement *tristes ;*
Remplis d'*absurdités* et forcément *odieux*,

Du moment qu'ils sont tous vraiment BLASPHÉMATOIRES.
Est-ce que, par hasard, pour tout notre Clergé,
Le BLASPHÈME *serait vraiment que dérisoire,*
La religion qu'un leurre, et sa fausse piété,
Un simple marchepied pour mieux accaparer
La fortune d'autrui, les honneurs, le pouvoir ?...
Pour sûr, sa conduite forcément le fait croire
Et de plus, encore, nous fait désespérer
De pouvoir obtenir une amélioration
Dans son enseignement, contraire à la raison.
Cependant, chers Lecteurs, la plus simple prudence
Devrait le décider, en cette circonstance,
A vouloir modifier ses dogmes *insensés,*
Tout à fait *immoraux,* tout plein d'*absurdités ;*
Lesquels (en vérité) le font trop BLASPHÉMER.
Crime que ses MEMBRES devraient *tous* regretter,
Et qui, sans nul doute, devrait les faire frémir,
Et puis leur inspirer le sincère désir
De vouloir éviter, tout autant que possible,
Une déconfiture absolument amère,
Tout en nuisant à la Société tout entière ;
Ce qui vraiment, hélas ! est tout à fait horrible...
Si leur déconfiture est sans valeur pour eux :
Est-il *juste* et *sensé* que leur persévérance
Deviennent la cause des accidents affreux
Dont est la victime notre *bien-aimée* FRANCE (1) ?
Assurément, Lecteurs, en cette circonstance,

---

(1) Ce que nous disons ici pour la France, existe, malheureusement que trop
également, pour les autres Nations de notre humanité terrestre...

Leur conduite manquant de toute bienveillance,
Ne produira, plus tard, que la plus grande horreur,
Le plus profond mépris, dans notre humanité,
Que *tous* auront, alors, le regrettable honneur
D'avoir sacrifié, sans aucune pitié.
Messeigneurs de l'Index, soyez tous persuadés
Que tous vos ouailles, une fois éclairés,
Sauront vous apprécier, comme vous le méritez,
Et vous regarderont comme des *réprouvés.*
Dans ce cas, Messeigneurs, votre triste ambition
Subira, justement, la peine du talion...

A. B.

VI. — L'OBSTINATION REGRETTABLE

POUR

NOTRE HUMANITÉ

Depuis longtemps, hélas ! nous demandons en vain,
Au Clergé catholique de se faire *Chrétien.*
Est-ce que, par hasard, ses MEMBRES imprudents
Auraient la prétention de vouloir persister
(Chose infâme et triste, qu'il faudrait regretter)
A toujours conserver leurs *faux enseignements ?*
Prenez garde, Messieurs, l'instruction populaire
Augmentant chaque jour, finira par vous faire
Les PARIAS *de notre moins faible humanité ;*

En attendant que votre impie obstination,
En dehors d'ici-bas, reçoive sa punition ;
Conséquence absolue, en toute vérité,
Du progrès incessant et de plus rationnel
Établi par les Lois du Seul ÊTRE éternel
Que vous persisterez à vouloir blasphémer,
Si vous vous obstinez à ne pas modifier
Vos dogmes insensés, anti-spirituels,
Et de plus, encore, vraiment irrationnels.
Modifiez-les, Messieurs, ou, positivement
(Soyez-en tous certains), tous vos enseignements,
Tout à fait immoraux et puis anti-chrétiens,
Seront tous regardés comme ne valant rien ;
Et cela, dans un temps tout à fait rapproché,
POUR LE RÉEL BONHEUR DE NOTRE HUMANITÉ...

AUGUSTIN BABIN

VII. — LE DROIT HUMAIN

ou

DOCTRINE DÉMOCRATIQUE

Aux fausses prétentions du droit nommé divin,
Une philosophie politique et sensée
(Conforme à la justice, la rationalité)
Oppose sensément, le beau droit dit humain,
Nommé *Démocratique*, entièrement social.

Pour les Républicains, c'est le droit principal
Et de plus encore, le plus humanitaire ;
Du moment que *lui seul,* assurément peut faire
Le très réel bonheur de la totalité
De toute une Nation, vraiment civilisée ;
A cette condition que *pure* religion
Soit par elle acceptée, comme il est de raison.
Mais alors, direz-vous, la double réaction,
Appelée cléricale et de plus monarchique,
Serait donc, d'après vous, absolument inique,
Ne méritant, enfin, que la réprobation ?
— Hélas ! nous le disons, avec un vrai chagrin :
Cette réprobation, chez tout bon Citoyen,
Qui est vraiment français devrait être absolue ;
Du moment que ce droit est absolument dû
A tous les Citoyens de notre belle FRANCE
Qui, positivement, a l'avantage immense
D'être assez éclairée, pour jouir, maintenant,
De ce dit droit humain, tout à fait bienfaisant.
Concernant sa formule, elle est (en vérité)
Simple et de plus morale, au suprême degré ;
Ainsi que le Lecteur va pouvoir en juger,
D'après sa conscience, qui doit le gouverner
En toute circonstance et de plus en tous lieux.
Elle nous dit ceci : *c'est que chacun doit être,*
Toujours et en tout temps, uniquement son maître,
Dans toutes ses actions, ses actes religieux ;
A cette condition, tout naturellement,
De se soumettre aux lois de son Gouvernement.
En effet, sa conscience et sa confiance en DIEU
Doivent lui procurer le mérite sublime

De diriger sa vie, d'après sa propre estime ;
Ce qui, assurément, nous parait pour le mieux.
D'après cela, l'on voit que les Républicains
Remplacent sensément, dans les faits sociaux,
L'infâme théorie du Clergé dit romain,
Qui nous dit posséder (dire absolument faux)
Le droit providentiel et tout à fait divin
D'être les Directeurs de tout le genre humain ;
Remplacent, disons-nous, cette opinion malsaine
Par l'affirmation que la vraie conscience humaine
Doit *seule* nous guider dans la vie actuelle,
Et que chacun de nous est vraiment responsable
Des méfaits malheureux dont il se rend coupable;
Responsabilité juste et puis rationnelle...

A. B.

VIII. — APPEL SENSÉ

ADRESSÉ

A TOUS MM. LES SOUVERAINS DES ÉTATS D'EUROPE

Vous tous, grands Souverains des États de l'Europe,
Vous devez comprendre qu'un lugubre horoscope,
Par rapport à votre propre tranquillité,
Est facile à prédire (en toute vérité);
Si vous vous refusez à vouloir accorder
A vos humbles sujets, le beau Gouvernement
Auquel tous aspirent très positivement :
La république enfin, que doivent désirer
Tous les peuples instruits de notre époque actuelle,
Qui fort heureusement, ont assez d'instruction
Pour ne plus consentir à rester en tutelle,
Et ne plus devenir la triste possession,
D'un Prince souverain, par le droit d'héritage.
Leur ferme volonté (en cela, ils sont sages) :
C'est de vouloir choisir leurs Gouvernants eux-mêmes :
En cela pouvez-vous, Messieurs les Souverains
Franchement les blâmer, et puis vouloir vous-mêmes
Leur ôter un tel droit, sacré et puis humain ?
Si c'est votre désir, *soyez tous persuadés*
Que les plus grands malheurs vous seront réservés
Dans un temps plus ou moins prochain, assurément ;
Non seulement pour vous, mais aussi pour les vôtres.
Dans le cas contraire, vous vous rendrez, vraiment,
Aussi honorables que nos anciens apôtres ;
Puisque, pour le civil, vous ferez ce qu'eux-mêmes

Ont fait pour le moral religieux et suprême,
Et notre Europe, enfin, pourra être assurée
De jouir d'une paix de très longue durée.
Alors, vous pourrez tous, dans notre histoire **humaine,**
Être considérés comme les *bienfaiteurs*
De notre humanité (chose vraiment certaine).
Tous vos noms illustrés jouiront des faveurs
De l'immortalité, et une récompense,
Immense assurément, vous sera accordée
En dehors de la vie actuelle et puis bornée.
Cela, sans aucun doute, est de toute évidence,
Étant absolument conforme à la justice
De la DIVINITÉ qui punit l'injustice.
Rappelez-vous, Princes, que Jésus-Christ a dit :
Malheur aux ambitieux, honneur aux affligés.
En s'exprimant ainsi, le Christ, sans contredit,
A voulu enseigner ces grandes vérités :
C'est que tout incarné, qui veut s'améliorer,
Doit à l'humanité forcément sacrifier
Son intérêt propre, purement personnel.
C'est l'unique moyen pour plaire à l'ÉTERNEL,
Qui positivement, est notre *unique* PÈRE ;
Vous et tous vos sujets, vous êtes donc tous *frères.*
Mais, alors, pourquoi donc vous arroger le droit
(Absolument coupable et injuste à la fois)
De vouloir gouverner, par un droit d'héritage,
Vos frères qui, souvent, possèdent en partage
Un savoir plus complet et plus moral, enfin,
Que celui possédé par vous tous, Souverains ?
Semblable anomalie, à notre époque actuelle,
N'a plus sa raison d'être, et positivement,

Des malheurs effrayants, comme pur châtiment,
Vous accableront tous (vérité éternelle) ;
Si votre ambition, coupable de méfaits,
Vous décide à vouloir contrecarrer la Loi
Divine du progrès ; pur article de foi,
Pour le plus grand nombre de vos humbles sujets,
Et de plus, encore, tout à fait sans réplique.
Avec *eux*, criez donc : *vive la République !*
Si vous ne voulez pas devenir les victimes
D'un Peuple en colère, capable de commettre   [crimes.
(L'histoire vous l'apprend) vraiment les plus grands
La prudence, Messieurs, vous force à vous soumettre ;
Ou sinon, vous serez vous-mêmes les bourreaux
De ceux qui vous sont chers. Forcément, il le faut,
Si vous voulez pour vous et de plus tous les vôtres,
La vraie tranquillité, le bonheur des Apôtres....

Augustin BABIN

NOMBREUX EXTRAITS DE L'*ART POÉTIQUE*

DE

NICOLAS BOILEAU-DESPRÉAUX ([1]).

Pages

191. Sans cesse en écrivant *variez* ([2]) vos discours.

---

192. Il est un heureux choix de mots *harmonieux*.
     Fuyez des mauvais sons le concours *odieux :*

---

195. Il réprime des mots *l'ambitieuse* emphase ;

([1]) Tous ces extraits ont été pris dans l'*Art poétique* de BOILEAU, édition 1864 de la librairie Hachette et Cie. Paris. D'après cela, les pages désignées dans cet extrait ne peuvent donc servir que pour cette édition sus-désignée.
([2]) Observation à faire sur les mots *soulignés*.

195. Votre *construction* semble un peu s'obscurcir :

De ce vers, direz-vous l'*expression* est basse.

196. Et, sans mêler à l'or l'éclat des *diamants* :

Telle est de ce poëme et la force et la *grâce*.
D'un ton un peu plus haut, mais pourtant sans *audace*

197. Élevant jusqu'au ciel son vol *ambitieux*,

200. De ces maîtres savants disciple *ingénieux*,

201. Il n'est point de serpent, ni de monstre *odieux*,

Que dès les premiers vers l'*action* préparée

202. Intéressa le chœur dans toute l'*action*,

203. Des vers trop raboteux polit l'*expression*.

Joua les saints, la Vierge et Dieu par *piété*.

On chassa ces docteurs prêchant sans *mission* ;
On vit renaître Hector, Andromaque, *Illion*.

203. Des siècles, des pays *étudiez* les mœurs

204. Tous ces pompeux amas d'*expressions* frivoles.

205. Dans le vaste récit d'une longue *action*,
Se soutient par la fable et vit de *fiction*,

Ainsi dans ces amas de nobles *fictions*,
Le poëte s'égaye en mille *inventions*.

Mais que Junon constante en son *aversion*,
Poursuive sur les flots les restes d'*Illion* ;

206. Laissons-les s'applaudir de leur *pieuse* erreur.

207. Soyez vif et pressé dans vos *narrations;*
Soyez riches et pompeux dans vos *descriptions.*

Me dit d'un ton aisé, doux, simple, *harmonieux :*
« Je chante les combats et cet homme *pieux.*

208. Virgile, au prix de lui, n'a point d'*invention ;*
Homère n'entend point la noble *fiction.*

210. Est prompte à recevoir l'*impression* des vices;
Étudiez la cour et connaissez la ville;

Soient pleins de *passions* finement *maniées,*

211. Laissant de *Galien* la *science* suspecte,

Ouvrier estimé dans un art nécessaire,

212. Gardez-vous d'imiter ce rimeur *furieux*
Qui, de ses vains écrits lecteur *harmonieux*

213. Blâme des plus beaux vers la noble hardiesse.

Auteurs, prêtez l'oreille à mes *instructions.*
Voulez-vous faire aimer vos riches *fictions?*

214. Son feu n'allume point de criminelle *flamme.*
Aimez donc la vertu, nourrissez-en votre *âme :*

Mais du discours enfin l'*harmonieuse* adresse.

215. Qu'aux accords d'*Amphion* les pierres se mouvaient,

———

216. Vous me verrez portant dans ces champs *glorieux*,
Vous animer du moins de la voix et des yeux.

———

NOTA. — Maintenant, chers Lecteurs, que vous avez pris connaissance des extraits des pages précédentes, dites-nous franchement, si nous sommes dans l'erreur, en prétendant que nos *Nouvelles règles poétiques sont supérieures aux anciennes ?...* Naturellement, cette supériorité est uniquement due aux *quatre innovations*, que nous avons admises dans la versification; elles ont donc leur raison d'être, pour vous comme pour nous, si votre réponse est affirmative...

Nous allons, maintenant, nous occuper dans les pages suivantes, de la très importante innovation scientifique (la deuxième), se rapportant à la formation de la lumière et de la chaleur sur un globe terrestre quelconque; y compris la vitesse de la lumière dans les espaces sans fin, ainsi que la jouissance personnelle de vision que rationnellement la vue humaine doit posséder.

FIN DE LA PREMIÈRE INNOVATION.

AVIS SE RAPPORTANT

A NOTRE

DEUXIÈME INNOVATION

AVIS A NOS LECTEURS

Nous vous donnons, Lecteurs, dans les pages suivantes,
Une définition tout à fait importante,
De la *vraie* formation, sur tout globe terrestre,
De toute lumière, puis de toute chaleur.
Juste définition qu'aucun savant (du reste)
De tous les temps passés, n'ont jamais eu l'honneur
De pouvoir découvrir; ce qui (en vérité)
Est vraiment étonnant, vu sa simplicité.

> D'où nous devons conclure,
> En toute vérité,
> Que, certes, le passé
> Vaut moins que le futur,
> Que même le présent;
> Cela, c'est évident.
> Évitons donc le vice
> D'imiter l'écrevisse...

Comme preuve, Lecteurs, que tous nos grands savants,
De tous les temps passés, n'ont, positivement,
Aucunement connu cette définition;
Ainsi que notre illustre écrivain FLAMMARION.

Dans la page qui suit
De ce présent écrit,
Lisez notre renvoi,
Vraie preuve par surcroît.

De plus, amis Lecteurs, il vous sera donné
Une définition rationnelle et sensée
De la *vraie vitesse,* dans l'espace sans fin
(Dedans et puis hors de notre atmosphère, enfin),
     De tous rayons solaires
     Et de plus planétaires.
     Définition sensée,
     Que tous nos grands savants,
     Tous ceux du temps passé,
     Que ceux du temps présent,
     N'ont jamais eu l'idée
     D'enseigner de leur temps;
     Ce qui (en vérité)
     Est vraiment étonnant.
Au surplus, chers Lecteurs, prenez-en connaissance
Et vous serez, après, tout à fait convaincus
Que la pure raison, la plus simple prudence
Vous forcent d'admettre, comme chose reçue,
La *double innovation* ci-dessus désignée
Et qui ne peut être *sensément* discutée.

                              A. B.

RÉFLEXIONS SCIENTIFIQUES

SUR LA PRODUCTION DE LA LUMIÈRE ET DE LA CHALEUR
SUR UN MONDE TERRESTRE QUELCONQUE
SUIVIES DE LA VITESSE DE LA LUMIÈRE
DANS LES ESPACES SANS FIN

CHERS LECTEURS,

Les *réflexions scientifiques* qui font le sujet de cet article, sont une véritable *innovation* que nous avons émise sur la *production de la lumière et de la chaleur* sur un globe terrestre ; *production* inconnue de nos savants jusqu'à ce jour (1). Cependant, comme vous pourrez l'apprécier par vous-mêmes, vous serez grandement surpris que notre manière de voir, à ce sujet, n'ait pas été reconnue plus tôt ; tellement elle est *rationnelle* et absolument conforme au plus simple *bon sens ;* au point même, d'être absolument indiscutable, du moins

---

(1) Comme preuve de ce que nous avançons, il nous suffira de citer le passage suivant, extrait des *Contemplations scientifiques* de M. CAMILLE FLAMMARION, page 270 :

« En effet, jusqu'à présent, les physiciens les plus accrédités et les savants les plus estimés de toutes les Académies du globe n'ont encore pu s'entendre pour décider en quoi consiste l'agent qui nous fait voir. Leurs meilleures définitions ressemblent à celles dont parlait VOLTAIRE à propos de la grâce, lorsqu'il disait que, de toutes les explications publiées par les théologiens, la meilleure était celle du jésuite BOUHOURS qui pensait que c'est un « je ne sais quoi ».

d'une manière rationnelle. En effet, elle *seule* peut donner l'explication de cette grande et sublime vérité, qu'il serait véritablement *ridicule* de vouloir discuter : « C'est que la *chaleur* et la *lumière* éprouvées sur un globe terrestre, ne dépendent nullement de son plus ou moins grand éloignement de l'astre radieux, *régénérateur* du système solaire ou tourbillon dont il fait partie ; mais bien de la composition de l'atmosphère dudit globe terrestre, en *azote* et en *oxygène*, dont le premier est anti-lumineux et anti-calorifique ; tandis que le second (l'oxygène) est le gaz lumineux et calorifique par excellence ». D'après cela, nous devons rationnellement admettre que chacun des mondes planétaires de notre système solaire peut posséder, quelle que soit sa distance de notre Soleil, une végétation et une température, soit inférieures à *celles* du globe terrestre (comme cela doit arriver pour Mercure et Vénus), soit plus ou moins supérieures à *celles* de notre dit globe terrestre, comme cela doit probablement exister pour Jupiter, Saturne, Uranus et Neptune, et peut-être même pour Mars, qui se trouve avoir deux lunes ou satellites ; tandis que notre Terre n'en a qu'une.

Maintenant, pour vous donner une preuve absolument convaincante de l'extrême rationalité et indiscutable réalité de notre manière de voir (qui, nous le répétons, est une véritable *innovation*), il nous suffira de vous faire observer que sous l'équateur, les neiges perpétuelles existent à 4.800 mètres de hauteur ; nous devons donc forcément admettre la conclusion suivante : c'est que les rayons solaires (pour l'Être humain, s'entend, et pour mieux dire, pour tous les êtres vivants de notre globe terrestre), n'ont aucune *chaleur* en dehors de notre atmosphère, et qu'ils sont, au contraire, d'autant plus chauds qu'on se rapproche davantage de la surface de notre globe terrestre. D'après cela, le plus simple *bon sens* ne nous fait-il pas comprendre, que c'est la combinaison de ces mêmes rayons solaires avec l'oxygène de notre atmosphère, qui, pour nous, produit la chaleur, et que ladite chaleur doit être d'autant plus faible qu'on s'élève davantage dans l'espace, et *vice versâ* ; ce qui est dû à la plus ou moins grande densité des différentes couches atmosphériques, laquelle densité diminue graduellement à mesure qu'on s'élève dans ledit espace.

Pour la *lumière*, le raisonnement est absolument le même et aboutit à la même conclusion, c'est-à-dire que la lumière est d'autant plus éblouissante, que la combinaison des rayons solaires avec l'oxygène de notre atmosphère se produit près de la surface terrestre et *vice versâ*. De tout ce que nous venons de dire, nous devons naturellement tirer l'importante conclusion suivante : c'est que l'intensité calorifique et lumineuse des rayons solaires, sur un globe terrestre, ne dépend pas, comme cela en a été de tout temps la ridicule croyance, du plus ou moins grand éloignement de ce globe de l'astre radieux, mais bien (nous le répétons) de la composition de l'atmosphère dudit globe en *azote* et en *oxygène ;* laquelle composition n'est probablement pas la même, pour chacune des planètes de notre système solaire. D'après cela, comme nous savons que les propriétés physiques de ces deux gaz sont entièrement opposées les unes aux autres, nous devons admettre la probabilité suivante : c'est que l'atmosphère de chacune des huit planètes de

notre système solaire, doit posséder d'autant plus d'*azote*
que la planète est la plus rapprochée de notre Soleil, et
vice versâ. D'où la conclusion toute naturelle : que la
planète la plus éloignée de l'astre radieux qui nous
éclaire et réchauffe en même temps, peut parfaitement
bien jouir, à sa surface, d'une intensité lumineuse et
calorifique de beaucoup *supérieure* à celle qu'éprouve la
planète la plus rapprochée dudit astre radieux. En effet,
du moment que nous savons que l'atmosphère de notre
globe terrestre, à son état de plus grande pureté, est
composée de 21 parties d'oxygène et, à très peu près, de
79 parties d'azote(1), nous devons supposer que la planète
Neptune (celle qui est la plus éloignée de notre Soleil,
d'après nos connaissances actuelles) doit probablement
posséder une atmosphère beaucoup plus oxygénée que la
nôtre. D'où la conclusion naturelle : que l'intensité lumineuse et calorifique que cette planète éprouve peut être
supérieure à *celle* que nous éprouvons sur notre globe
terrestre, voire même à *celle* de Mercure, qui est la planète la plus rapprochée dudit Soleil.

Ce que nous venons de dire a d'autant plus sa raison
d'être, que cela fait parfaitement comprendre, que les
globes terrestres les plus importants de notre système
solaire (tel est Jupiter, possédant *quatre* lunes et ayant
un diamètre de plus de onze fois supérieur à celui de la
terre, dont il égale *quatorze cents* fois la grosseur ; tel est
encore Saturne, avec son immense anneau et ses *huit*
lunes ; etc., etc.) doivent évidemment posséder une tempé-

(1) Nous ferons remarquer, ici, que le premier de ces deux gaz représente le principe vital par excellente ; tandis que le second est absolument anti-vital et a pour but de
tempérer l'action trop active des rayons solaires combinés avec le premier ou l'oxygène.

rature et une lumiere infiniment supérieures à *celles* que nous éprouvons sur notre petit globe terrestre. Le plus simple *bon sens*, du moins, doit nous le faire comprendre ainsi. Au surplus, l'immense espace dépendant de notre tourbillon, qui se trouve exister au delà de Neptune ([1]), etpuis, ensuite, laproportion excessivementinfime qu'offre le *volume total* de tous les corps célestes de notre dit tourbillon par rapport au *volume* de notre Soleil (ce rapport est comme 1 est à 560 et même davantage), suffisent grandement pour nous faire admettre qu'un plus grand nombre de planètes dépendant de notre système solaire, doit probablement exister au delà de la planète Neptune sus désignée.

Cette très rationnelle probabilité admise, une dernière fois pour toutes, nous le demandons franchement à tous nos Lecteurs, quels qu'ils soient : l'extrême importance de la définition que nous donnons de la *production* de la lumière et de la chaleur, peut-elle un seul instant être mise en doute, et ne serait-ce pas vouloir se mettre en contradiction avec le plus simple *bon sens* que de la rejeter ? D'autant mieux que l'extrême importance des conséquences qui en découlent, nous oblige forcément à l'accepter. En effet, avec elle, ce n'est plus la distance d'une planète à son soleil qui règle *l'action régénératrice* qu'elle en reçoit ; c'est la composition même de son atmosphère, qui peut être plus ou moins *oxygénée* et peut,

---

(1) Cet *espace* est tellement immense, en effet, qu'il est officiellement reconnu par tous les astronomes un peu en renom, comme étant égal à *huit mille fois* la distance de la planète Neptune au Soleil. Comme l'on voit, pour l'établissement de *nouvelles planètes* la moitié de cette distance offre encore un espace considérable, et qui probablement ne doit pas être complètement vide.

par conséquent, posséder les propriétés voulues pour se trouver en rapport de *pureté* et de *valeur* avec l'une des planètes quelconques, quels que soient son importance et son éloignement de l'astre radieux. Cette manière de voir (nous le répétons une dernière fois) nous paraît tellement *rationnelle* et conforme au plus simple *bon sens*, que nous sommes intimement convaincu que la très grande majorité de nos Lecteurs sera de notre *avis*.

Après vous avoir donné connaissance, chers Lecteurs, de notre très importante *innovation* sur la *formation* de la lumière et de la chaleur (¹) sur un globe terrestre quelconque ; nous allons, maintenant, vous donner connaissance d'une très grande et très grave *erreur* (qui même en réalité, doit être considérée comme une véritable absurdité) commise par tous les astronomes des temps passés et tous ceux de notre époque actuelle ; principalement, par M. Camille Flammarion, l'un des plus grands astronomes de notre XIXᵉ siècle. Cet illustre écrivain (dont les très nombreux ouvrages jouissent, du reste, d'une réputation grandement méritée) a eu la malheureuse pensée, en effet, d'émettre et même d'affirmer dans ses écrits astronomiques, cette *regrettable* et *grave erreur scientifique*, que la moindre réflexion, cependant, lui aurait évité de commettre, si son esprit (réellement des plus capables) avait consenti à prendre au sérieux la plus importante (spirituellement parlant) de toutes les

---

(1) Nous ferons remarquer ici, à nos bien aimés Lecteurs, que c'est à ces deux g z que toutes les planètes de notre système solaire doivent leur double mouvement de *rotation* et de *révolution*. — Pour en avoir la preuve convaincante, consulter nos *Notions d'astronomie* de 1885, ou bien encore, notre *Poème astronomique* de la même année.

sciences humaines, la *science astronomique*. Cette erreur excessivement grave (nous le répétons) est celle-ci : c'est de prétendre que la *lumière solaire* et *celle* des étoiles ne parcourent dans l'espace que 77,000 lieues par seconde; ce qui l'amène, ensuite, à en tirer les deux conséquences suivantes, qui nous paraissent absolument *irrationnelles* .

1° *C'est de prétendre que la lumière de certaines étoiles de notre nébuleuse doit mettre des années, des siècles, voire même des milliers d'années, pour parvenir jusqu'à nous ;*

2° *Que des étoiles peuvent ne plus exister depuis des années, des siècles et même des milliers d'années, et, malgré cela, nous être encore visibles, à notre époque actuelle.*

Franchement, chers Lecteurs, vous avouerez qu'il faut être vraiment peu sérieux pour émettre une telle opinion, dans un ouvrage réellement scientifique. Cependant (ainsi que nous l'avons déjà dit, et dont nous donnerons, tout à l'heure, des preuves convaincantes), cela est arrivé à M. Camille Flammarion qui, dans ce cas, reproduit tout simplement les plaisanteries scientifiques du très plaisant, mais peu sérieux écrivain, Cyrano de Bergerac. Sans doute, de tels écrits font rire ; seulement, cela ne les empêche pas d'être absolument défectueux, du moment qu'ils tendent à ridiculiser une science qui devrait nous faire rentrer en nous-même, et, de plus, sérieusement réfléchir. Quant aux preuves sus-désignées, elles sont les suivantes :

1° Pages 255 et 256 des *Contemplations scientifiques* de M. Camille Flammarion, nous lisons :

« Le fait le plus extraordinaire qui résulte de la connaissance de la vitesse de la lumière, c'est que nous savons en astronomie que nous ne voyons dans le ciel aucun astre dans son état actuel. Nous ne connaissons les astres que par la lumière qu'ils nous envoient, et nous ne recevons leur lumière qu'un certain temps après qu'elle est envoyée. La différence est faible pour les mondes de notre système solaire, car un rayon lumineux vient du Soleil en 8 minutes et 13 secondes, et de Neptune, la dernière planète du systéme, en 4 heures seulement.

« Mais cette différence est très sensible pour les étoiles, même les plus rapprochées. Ainsi la lumière de notre voisine, *Alpha du Centaure*, n'emploie pas moins de 3 ans et 8 mois à traverser le désert qui nous en sépare. La lumière de *Véga* (Alpha de la Lyre) n'arrive qu'après 21 ans de vol incessant ; celle d'Acturus, une autre voisine, qu'après 26 ans ; celle de l'Étoile polaire, après un demi-siècle ; celle de la *Chèvre* ou *Capella*, après 72 ans. Nous voyons donc cette dernière étoile, non telle qu'elle est aujourd'hui, mais telle qu'elle était au moment où partit le courrier qui nous apporte sa photographie, etc., etc. »

2º Pages 199 et 200 de la *Pluralité des mondes* du même auteur, nous lisons :

« On comprendra facilement devant ce tableau (l'auteur vient de parler du nombre considérable des étoiles qui sont comprises dans notre nébuleuse) et en se rapportant aux distances réciproques des étoiles disséminées dans l'étendue, que la lumière de certaines étoiles emploie

1,000, 10,000, 100,000 années à venir jusqu'à nous, tout en parcourant 77,000 lieues par seconde (¹). »

3º Page 203 du même ouvrage, nous lisons encore les réflexions suivantes, sur les voies lactées comprises dans l'immensité infinie :

« Il y a dans le ciel un grand nombre de voies lactées, semblables à la nôtre, éloignées à de telles dictances, qu'elles deviennent imperceptibles à l'œil nu. Si l'on demandait à quelle distance la nôtre devrait être trans-portée d'ici, pour nous offrir l'aspect d'une nébuleuse ordinaire (sous-tendant un angle de 10'), nous répon-drions avec Arago qu'il faudrait l'éloigner à une distance égale à 334 fois sa longueur. Or cette longueur (52,400,000,000,000 de lieues) est telle, que la lumière n'emploie pas moins de 15,000 ans à la traverser. A la distance de 334 fois cette dimension, notre nébuleuse serait vue de la terre sous un angle de 10', et la lumière emploierait à nous en arriver 334 fois 15,000 ans, ou 5,010,000 années, etc., etc. »

Nous ferons remarquer ici, que si M. Camille Flamma-rion, l'un des plus grands astronomes de nôtre siècle actuel (nous le répétons), avait tant soit peu réfléchi, avant d'émettre de semblables opinions, il aurait immé-diatement reconnu que les *rayons solaires*, ou que *ceux* d'une étoile quelconque, ont deux vitesses essentiellement différentes dans l'espace qui nous sépare de ces astres.

---

(1) Une importante observation est à faire ici : c'est que, positivement, l'on a pas assez tenu compte jusqu'à ce jour, de la puissance de vision que doit posséder la vue humaine ; laquelle puissance de vision lui permet de distinguer dans l'espace, les objets éclairés et cela, à des distances plus ou moins considérables, selon la vue de chacun. En terminant cet article, nous en donnerons des preuves matérielles qui nous parais-sent tout-à-fait convaincantes.

En effet, le plus simple *bon sens* ne nous fait-il pas comprendre que cette vitesse doit être essentiellement différente dans les atmosphères terrestres et hors de ces dites atmosphères (1). Ainsi, par exemple, dans le second cas, cette vitesse doit être, pour ainsi dire, instantanée pour toute distance ; tandis qu'elle doit être plus ou moins lente, dans les atmosphères terrestres, suivant leur composition en oxygène et en azote ; c'est-à-dire d'autant moins lente, que lesdites atmosphères sont riches en oxygène et *vice versâ*.

D'après cela, nous ne trouvons aucunement ridicule d'admettre que les rayons de notre Soleil peuvent parfaitement bien parvenir, en moins de temps, aux habitants de Neptune (la planète de notre système, la plus éloignée du dit Soleil, d'après nos connaissances actuelles), qu'à ceux de Mercure, celle de nos planètes qui en est le plus rapprochée. En effet, la différence infime de temps que les rayons solaires mettent à parcourir les deux distances essentiellement différentes comprises entre leurs deux atmosphères (si toutefois il en existe une), peut être largement compensée par la différence de vitesse de ces mêmes rayons, dans l'une et l'autre atmosphère de ces deux planètes ; dont la composition, forcément, ne doit pas être la même, sous le rapport de la quantité de l'oxygène et de l'azote, qui sont leurs

---

(1) Refuser d'admettre cette rationnelle vérité, ce serait raisonner comme celui qui prétendrait que la vitesse de chute des corps serait la même, soit qu'elle se produise dans une atmosphère terrestre ou dans le vide complet ; ce qui serait une absurdité des plus avérées, du moment que toutes nos expériences en physique prouvent le contraire. En effet, ces expériences ont donné la preuve absolue, que deux balles différentes (dont l'une en liège et l'autre en plomb) ont une vitesse de chute exactement semblable dans le vide complet ; ce qui est loin d'exister, si cette chute se produit dans notre atmosphère terrestre...

deux principaux éléments. Même conséquence à tirer pour la lumière des étoiles en général, dont la facilité de combinaison des rayons avec l'oxygène des atmosphères terrestres, doit diminuer de plus en plus, suivant leur plus grande distance...

Ainsi que nous l'avons dit dans notre renvoi de la page 65, nous allons, maintenant, donner connaissance à nos Lecteurs, des preuves rationnelles et convaincantes que la vue humaine doit, positivement, jouir d'une puissance de vision (1) lui permettant de distinguer les objets éclairés et cela, à des distances plus ou moins considérables, selon le genre de vue de chacun. Ces preuves sont au nombre de quatre :

1º C'est que, lorsqu'il arrive que la planète Mercure passe devant le Soleil, par rapport à nous, nous apercevons tout le temps de son passage (en nous servant d'un simple verre absolument noir, pour préserver notre œil des rayons solaires) un corps noir ayant exactement la même grosseur et le même mouvement que l'astre avait auparavant dudit passage. Preuve évidente que c'est notre vue qui se transporte jusqu'à l'astre en question et non pas ses rayons qui parviennent jusqu'à notre œil.

2º Si la nuit, nous regardons un espace quelconque de l'immensité, immédiatement nous apercevons un certain nombre d'astres lumineux, lequel nombre ne fait qu'augmenter, si nous persistons à regarder ledit espace, tout en faisant un effort pour mieux examiner sa profondeur.

---

(1) Nous ferons remarquer ici, que la lumière seule suffit pour lui donner cette puissance de vision, laquelle ne peut, rationnellement, lui être refusée.

Preuve évidente, encore, que c'est notre vue qui se transporte jusqu'aux astres en question...

3º Si, enfin, nous examinons le passage d'un satellite de la planète Jupiter derrière ladite planète, assurément la lumière dudit satellite mettant un certain temps pour arriver jusqu'à nous (non pas celui désigné par M. C. Flammarion, mais bien celui qu'elle emploie pour traverser notre atmosphère) le susdit satellite ne devrait pas nous apparaître au moment de sa sortie de derrière la planète en question, mais bien quelque temps après sa dite sortie, celui qu'il lui faut pour traverser notre atmosphère; ce qui n'existe pas, nous apparaissant au moment même de sa sortie de derrière la planète susdésignée : nouvelle preuve évidente que c'est notre vue qui se transporte jusqu'au dit satellite et non pas ses rayons qui parviennent jusqu'à nous.

4º Au surplus, la preuve convaincante que les *rayons voyageurs* ne parcourent pas l'espace pendant des milliers et même des centaines de milliers d'années ; c'est que si nous nous servons de lunettes astronomiques, afin de fortifier notre vue, nous apercevons immédiatement des astres qui, auparavant, nous étaient complétement invisibles ; preuve convaincante (d'après la méthode de M. C. Flammarion) que leurs rayons ne sont pas arrivés jusqu'à nous. Cela, cependant, n'empêche pas qu'ils nous sont complétement visibles, du moment que nous employons des lunettes astronomiques pour fortifier notre vue, nous le répétons...

Après des preuves aussi convaincantes que celles susdésignées, positivement, nous pensons que la très grande majorité de nos Lecteurs sera de notre avis et que, probablement, elle approuvera là petite poésie suivante, intitulée : *les rayons voyageurs*. Cette petite poésie a uniquement pour but de faire comprendre à tous nos Lecteurs, que les *rayons voyageurs* en question sont complètement opposés à la pure raison, au plus simple *bon sens* et font réellement sourire, lorsqu'on les rapporte à nos occupations ici-bas.

LES RAYONS VOYAGEURS

D'après quelques savants, il existe, Lecteurs,
En nombre innombrable, des *rayons voyageurs*
Partant de tous les corps sombres ou lumineux,
Puis de toutes couleurs ; c'est, vraiment, fabuleux.
Ces rayons annulés, d'après eux, notre vue
Est tout à fait éteinte, alors n'existe plus.
D'après cela, Lecteurs, en lisant un écrit,
Ce n'est pas notre vue qui voit les caractères,
Mais bien tous les rayons de ces dits caractères
Qui, frappant nos deux yeux, donne à notre esprit
La faculté de voir les lettres en question.
D'après cela, encore, il nous faut avouer
Que lors que nos tailleurs ou bien nos couturières
Veulent (chose forcée) enfiler leur aiguille,
Ce n'est pas leur vue qui distingue le fil
Et le trou de l'aiguille, où il faut l'introduire,

Mais, du trou et du fil, les *rayons voyageurs*
Qui, venant à leurs yeux, leur font voir, chers Lecteurs,
Les deux objets cités. Cela prête à sourire
Et, de plus, nous paraît contraire à la raison,
Au plus simple *bon sens*; aussi, de nos Lecteurs,
Nous sommes convaincus que la majorité,
Avec nous, conviendra que cela n'est qu'un leurre,
Qu'une erreur avérée, pleine d'absurdité.

A. B.

FIN DE LA DEUXIÈME INNOVATION

AVIS SE RAPPORTANT

TROISIÈME INNOVATION

AVIS AU LECTEUR

Vouloir se corriger de ses défauts, Lecteur,
C'est vraiment désirer, dans une autre existence
(Humaine également), prendre sa résidence
Dans un monde meilleur, dit *régénérateur ;*
Où la vie, plus heureuse, est pour ses habitants
Une vie sans douleurs, très positivement.
Pour en avoir la preuve, il vous faut consulter
L'article deuxième (1) de ce présent écrit,
Dont le but véritable est de vous éclairer
Et de plus encore de vous dire ceci :
C'est que sur le monde ci-dessus désigné
Toute vie d'expiation pour nous est annulée.
Cela, vous l'avouerez, est vraiment consolant
Et doit vous engager, si vous êtes prudent,
A vous défaire, enfin, de vos plus grands défauts
Qui peuvent vous priver, hélas! d'un avantage
Aussi considérable et surtout aussi beau.

---

(1) Voir cet article, à la page 35 du présent écrit.

Si (nous le répétons) vous êtes vraiment sage
Vous devez, forcément, vouloir vous en défaire.
D'autant mieux que, Lecteur, *dans tous les cas contraires,*
Il vous faudra subir, de nouveau, les tourments,
Les affreuses douleurs que tous, actuellement,
Nous souffrons ici—bas, et cela, sur un monde
Semblable à celui-ci, vrai monde d'expiation.
Mais en vous corrigeant, ces afflictions profondes
Seront nulles pour vous, avec toute raison.
En effet, dans ce cas, vous étant corrigés,
Il vous sera permis de vous réincarner
(Ce que, *tous,* nous devons ardemment désirer)
Dans le monde meilleur ci-dessus désigné.

A. B.

TROISIÈME INNOVATION

MOYEN LE PLUS EFFICACE

POUR

NOUS CORRIGER DE TOUS NOS DÉFAUTS

Ce moyen, réellement des plus efficaces, consiste dans l'emploi consciencieux et constant du tableau synoptique moral de la page 77; lequel tableau a pour but de permettre à toute personne qui désire s'améliorer, de faire en peu de temps, et cela à la fin de chaque jour, le relevé des fautes dont elle a eu le malheur de se rendre coupable dans la journée écoulée.

Dans ce dit tableau, le chiffre conventionnel approprié à chaque semaine, est l'une des neuf unités de nombre de 1 à 9; la première unité désignant la première semaine, etc. D'après cela, on peut se servir de ce tableau synoptique moral pendant neuf semaines de suite, tout en conservant son extrême netteté.

Pour se servir avantageusement de ce dit tableau, il suffit, chers Lecteurs, de marquer de l'un de nos signes conventionnels appropriés à chaque semaine, la case correspondant à la qualité opposée à la faute commise. Puis, à la fin de chaque semaine, si nous faisons le relevé de toutes nos fautes commises, par ce moyen nous apprendrons à connaître, en peu de temps, les défauts auxquels nous sommes, chacun de nous, le plus susceptible de succomber.

Avantage immense qui nous permettra de porter, par la suite, toute notre attention sur ces mêmes défauts, afin de mieux les éviter; ce qui nous sera facile, pour peu que nous en ayons le désir et la volonté tant soit peu persistante.

Pour bien comprendre, chers Lecteurs, *l'extrême importance* des conseils sus-désignés, nous vous engageons à consulter très attentivement notre très important *tableau spirite,* qui vient après notre *tableau synoptique moral;* lequel Tableau spirite contient tout le relevé exact de tous les *principaux principes qui font le pur fondement du Spiritisme; comme ils font celui du pur Christianisme,* qui (c'est à la connaissance de tout le monde tant soit peu instruit) est le véritable antipode du Catholicisme romain qui n'est, en réalité, qu'une imitation falsifiée du Brahmanisme des temps jadis, et du Paganisme romain, avec une forte dose d'idolâtrie, *adorateurs d'images...*

A. B

LUNDI.	MARDI.	MERCREDI.	JEUDI.	VENDREDI.	SAMEDI.	DIMANCHE.	DÉSIGNATION des QUALITÉS.
							Crainte de DIEU et confiance en Lui
							Amour de DIEU et reconnaissance envers LUI.
							Toute humilité et résignation devant Dieu.
							Prière à DIEU, etc
							Charité en { Pensées,
							Paroles.
							Actions.
							Sobriété.
							Frugalité.
							Tempérance.
							Ordre et économie.
							Patience.
							Modestie.
							Bon emploi du temps.
1 2 3 4 5 6 7 8 9							Bonne compagnie

MAXIME FONDAMENTALE DU SPIRITISME
(Hors la charité point de salut.)

2

4

·CRÉÉ PAR

DIEU

Esprit et Matière :

1º *Vie spirituelle*
(unique et sans fin);
2º *Vies matérielles*
(transitoires et in-
déterminées).

3

DE
toute éternité

DIEU

Seul et unique
Créateur
et Dispensateur
de
toutes choses.

5

BUT
DE LA CRÉATION

Amélioration
et progression,
c'est-à-dire
rapprochement
vers

DIEU

7

EN
DIEU
*Tous les hommes
sont frères*
—
L'homme est composé :
1. D'un corps maté-
riel et périssable ;
2. D'une âme imma-
térielle et immortelle ;
3. D'un périsprit, etc.

1

RÉSUMÉ

DES

PRINCIPES GÉNÉRAUX

DU

SPIRITISME

6

DIEU
est

éternel, immuable
immatériel,
unique,
tout-puissant
souverainement
JUSTE ET BON

8

DEVOIRS DIRECTS
Foi, Piété, Humilité,
Reconnaissance et
Amour de
DIEU
DEVOIRS INDIRECTS
Sympathie, Frater-
nité, Bienveillance
et Charité par Amour
pour
DIEU

9

PLURALITÉ
DES MONDES
humains
—
Mondes primitifs.
— d'expiations et d'é-
preuves.
— régénérateurs.
— supérieurs.
—
Mondes divins ou extra-
supérieurs.

10

PLURALITÉ
DES EXISTENCES
—
Existences primitives.
— réparatrices.
et d'épreu-
ves.
— régénératri-
ces.
— supérieures.
—
Existences immatérielles
et perpétuelles.

OBSERVATION. — Pour consulter avantageusement le présent
tableau, il est indispensable de prendre connaissance de chaque
case d'après son numéro d'ordre.　　　　A. B.

OBSERVATION DE L'AUTEUR

Telles sont, amis Lecteurs, les trois importantes *innovations* qui sont comprises dans cet écrit, dont vous avez, sans doute, dû prendre connaissance. Si, vraiment, il en est ainsi, veuillez nous dire maintenant, si (comme nous-même), vous pensez que ces *trois innovations* sont réellement indiscutables, tellement elles sont conformes à la raison la plus scrupuleuse, ainsi qu'au plus simple *bon sens ?...*

Assurément, nous aimons à croire que votre réponse ne peut être qu'approximative. Si, cependant, parmi vous, il en existe quelques-uns qui soient d'un avis contraire, nous leurs serons très reconnaissant de vouloir bien prendre la peine de les critiquer publiquement, quelques mordantes que puisse être leurs critiques.

Nous leur en serons d'autant plus reconnaissant, que nous sommes intimement convaincu qu'il nous sera toujours facile (du moins c'est notre intime croyance) de leur prouver que leur manière de voir manque de *clarté* et de *rationnalité;* deux qualités indispensables qui font, positivement, la principale base de nos *trois innovations* sus-désignées.

Quant à vouloir critiquer les *principes généraux* du Spiritisme: cela nous paraît tellement difficile et improbable, vu leur absolue rationnalité; que nous ne pouvons admettre qu'un seul de tous nos Lecteurs, après avoir pris consciencieusement connaissance du présent écrit, puisse en agir ainsi. En effet, pour que cela puisse se produire, il faudrait, forcément, que celui de nos Lecteurs qui serait d'une opinion contraire, manqua complètement de jugement rationnel et sensé, ou bien de franchise et de bonne foi; ce qui serait, réellement, on ne peut plus regrettable pour lui.

Si nous parlons ainsi : c'est parce que nous sommes intimement convaincu que l'athée lui-même (véritablement pourvu des deux qualités ci-dessus), non-seulement ne pourrait les critiquer, après en avoir sérieusement pris connaissance, mais, encore, qu'il serait dans l'obligation d'*avouer* que de tels *Principes* doivent probablement avoir leur raison d'être...

De ce qui précède, concluons sensément :
Que la mauvaise foi, le sot entêtement,
L'égoïsme et l'orgueil et puis l'hypocrisie
(Guidée par l'intérêt) sont ses seuls ennemis.

A. B.

FIN DE CET ÉCRIT.

TABLE DES MATIÈRES

DEUXIÈME INNOVATION

TROISIÈME INNOVATION

FIN DE LA TABLE DES MATIÈRES

Paris. — Imp. R. ANDRIEU, 8, Rue du Maure, (168, Rue Saint-Martin).